Wenn ich groß bin…
halte ich mir auch einen Flüchtling

Monika Liegl

Wenn ich groß bin…
halte ich mir auch einen Flüchtling

4 Jahre mit unserem afghanischen Patensohn

Bibliografische Information der Deutschen National-bibliothek: Die Deutsche Nationalbibliothek verzeichnet diese Publikation in der Deutschen Nationalbibliografie; detaillierte bibliografische Daten sind im Internet über dnb.dnb.de abrufbar.

© 2022 Monika Liegl
Herstellung und Verlag: BoD – Books on
Demand, Norderstedt
Foto: Patrik Hennebold Photography
Grafik: André Liegl, Rocky Beach Studio
ISBN 9783756887675

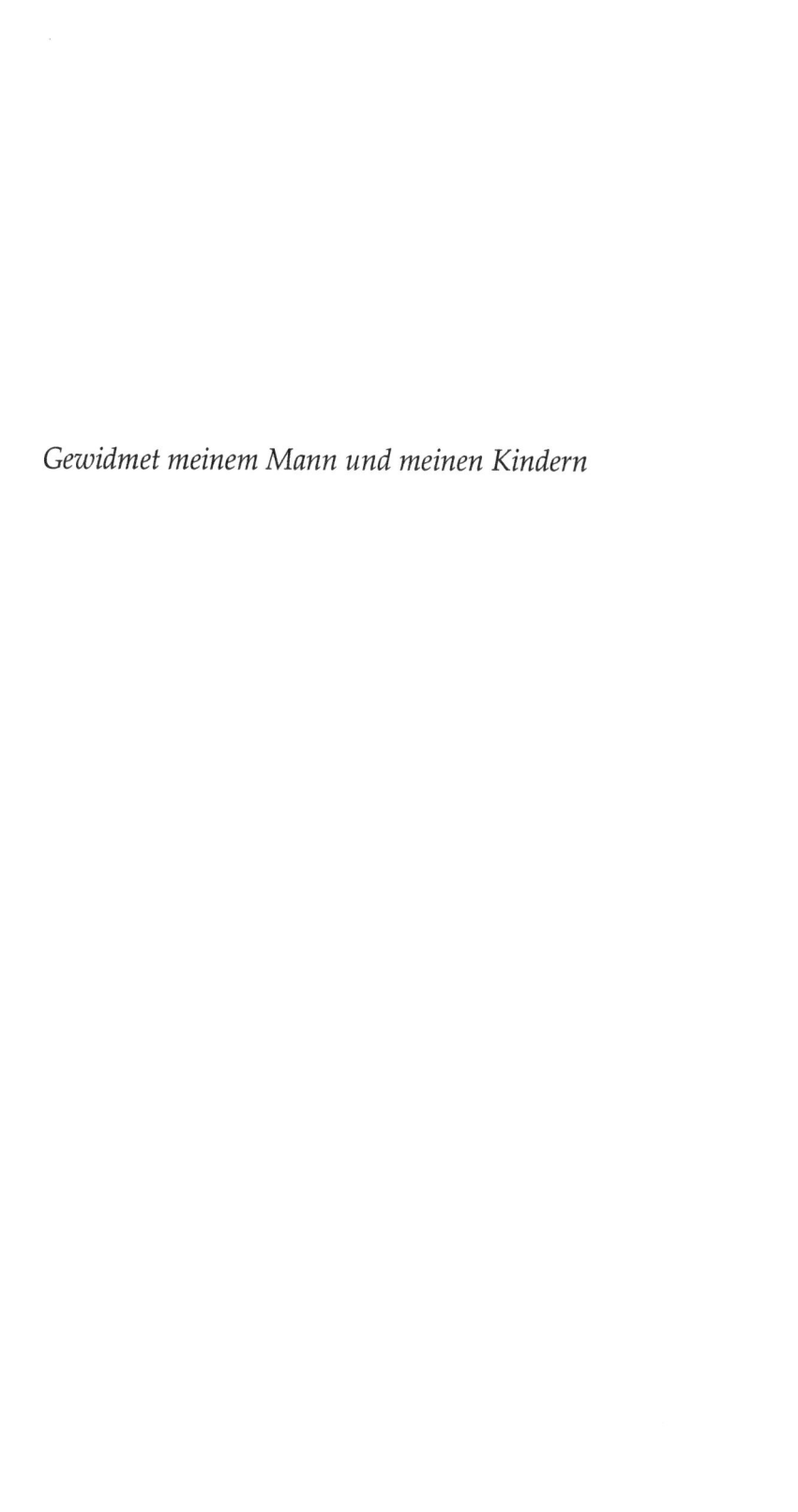

Gewidmet meinem Mann und meinen Kindern

Vorwort

Manchmal wird das Leben innerhalb kurzer Zeit komplett auf den Kopf gestellt, zum Beispiel, wenn man sich wie wir entschließt, einen jungen Geflüchteten aus Afghanistan aufzunehmen und dieser dann die nächsten Jahre bleibt. In dieser Zeit passieren Geschichten, die es wert sind, festgehalten zu werden. Darüber hinaus erschließen sich Zusammenhänge, die für alle an der afghanischen Kultur Interessierten spannend sein dürften.

Dieses Buch entstand in enger Absprache mit Faiaz, der 4 Jahre in unserer Familie gelebt hat. Auch die sonstigen im Buch vorkommenden und namentlich erwähnten Personen, gaben mir ihr Einverständnis, in dieser Form über sie zu berichten.

Ich habe mich dazu entschieden, dem Protagonisten meines Erfahrungsberichtes erst am Ende des ersten Kapitels einen Namen zu geben. Denn davor steht er für all die Geflüchteten, die sich 2015 auf den Weg nach Deutschland oder in die Nachbarländer gemacht haben. Erst mit unserer Begegnung wird sein persönliches Schicksal herausgearbeitet, und er erscheint mit seinem Namen.

Ich schreibe dieses Buch für all jene, die sich in die afghanische Seele einfühlen und verstehen möchten, was Flucht bedeutet und wie es mit dem Asylrecht für Afghanen bestellt ist sowie für all jene, die daran arbeiten möchten, dass sich die Verhältnisse verbessern.

Kapitel 1

Von einem der auszog, um der Furcht zu entkommen

Es war einmal ein junger Mann, der wollte am liebsten groß, berühmt und reich werden. Leider lebte er in Afghanistan, einem Land, in dem immerzu Bürgerkrieg herrschte. Da seine Eltern zu den Gebildeten im Lande gehörten und ihn förderten, wo sie konnten, schaffte er es – dank seiner Leistungen in Schule und Universität – eine angesehene Stellung in der Verwaltung des Kabuler Innenministeriums zu bekommen.

Leider wüteten in seinem Land seit seiner frühesten Kindheit, Al Qaida[1], der IS[2], diverse Warlords[3] und die Taliban, eine Terroristengruppe, deren Ziel es war, die Traditionen im Land in archaischer Form zu erhalten. Das taten sie alle auf brutalste Art und Weise. Die Taliban waren die letzten Jahre dabei gewesen, ihre Macht in seinem Land weiter auszubauen und wollten nun auch von seiner Stellung profitieren. Sie versuchten, ihn zu zwingen, als Spitzel für sie zu arbeiten, da er als Dokumentar Zugang zu absolut vertraulichen Daten hatte.

Eine Weile war es der Familie gelungen zu verheimlichen, dass ihr Sohn für die Regierung arbeitete. Man sagte, er lebe in Kabul, um dort zu studieren. Jedoch ist das zwischenmenschliche Informationssystem in Afghanistan darauf spezialisiert, solche Dinge schnell aufzudecken. Und da der junge Mann selbst eher selten ein Gebetshaus aufsuchte, kam es so, dass sein Vater nach dem freitäglichen Besuch in der Moschee die Aufforderung erhielt, dafür zu sorgen, dass sein Sohn ab sofort als Kundschafter für die Taliban arbeiten sollte.

Da der junge Mann aber ein guter Mensch war, wollte er, dass auch nur die guten Mächte das Land führen sollten und verweigerte den grausamen, bösen Mächten seine Zusammenarbeit. Das ließen diese sich aber nicht gefallen und drohten damit, ihn zu töten, falls er nicht kooperierte. Eine Weile darauf erhielt sein Vater in der Moschee ein von den Taliban verfasstes, amtlich besiegeltes Dekret, aus dem hervorging, sein Sohn sei „festzunehmen und zu beseitigen".

Nun hatte der junge Mann aber zu Hause gelernt, dass Kämpfen schlecht und man im Falle der Taliban machtlos sei, weil der Staat keinen Schutz gewähren kann. Denn selbst die Regierung war von Mitgliedern der Taliban unterwandert. Deshalb gab es nur eine Chance zu überleben: Er musste fliehen, und zwar sofort und sehr weit weg. Keinesfalls reichte es aus, nur in die benachbarten Länder zu flüchten, denen die Menschen aus seinem Land bestenfalls gleichgültig waren und wo der gnadenlose Arm der Taliban ebenfalls hinreichen konnte.

Die Flucht

Nachdem sich der junge Mann mehrfach in Kabul beobachtet und verfolgt gefühlt hatte, war es sein Vater gewesen, der alle nötigen Vorkehrungen traf, um ihm zur Flucht zu verhelfen. Zu stark war die Angst gewesen, dass die Taliban ihre Anordnung umsetzen würden. Denn das taten sie immer, wenn man sich ihnen widersetzte, schon allein um ihre Macht zu demonstrieren.

Das Ziel seiner Flucht sollte Deutschland sein. Dafür gab es Gründe. Sein Cousin hatte als Übersetzer für die Deutschen bei der ISAF-Mission[4] unter der NATO-Führung gearbeitet. Von ihm kam die Information, dass man gut mit den Deutschen zurechtkam. Auch aus der Geschichte wusste er von der früheren Verbundenheit der Deutschen mit den Afghanen, die schon 1920 unter König Amanullah begonnen hatte. In der Schule hatte er gelernt, dass Deutschland die erste europäische Macht war, die an einem gleichberechtigten Bündnis mit Afghanistan interessiert war. Es baute 1924 sogar eine deutsche Oberschule in Kabul, als Kaderschmiede für die afghanische Elite. Ende der 30er Jahre kamen 70 % der Maschinen aus Deutschland (u.a. von Siemens) und in den 60er Jahren wurde das Goethe-Institut in Kabul gegründet. In den 70er Jahren gab es eine enge Entwicklungszusammenarbeit und eine wissenschaftliche Verzahnung zwischen beiden Ländern. Aus diesem Grund waren auch schon unter der kommunistischen Besatzung in den 80er Jahren viele Landsleute nach Deutschland geflüchtet. Da fast jeder Afghane inzwischen Verwandte oder Freunde in Deutschland hat, ist es ein Sehnsuchtsort derer, die sich gezwungen sehen, ihre Heimat zu verlassen.

So machte er sich also auf die gefährlichste Reise seines Lebens. Bis Pakistan brachte ihn ein Taxi, eines der üblichen Fortbewegungsmittel, wenn man nicht mit dem Auto fuhr. Ein Reisebus wäre zu unsicher gewesen, da die Busse von den Taliban regelmäßig kontrolliert wurden. In Pakistan wartete dann der erste Schleuser auf ihn. Man traf sich in einem Keller, wo schon andere Geflüchtete auf den Weitertransport warteten. Schließlich ging es bei Nacht und Nebel los. Die Aufregung war sehr groß und leider auch berechtigt. Denn schon nach wenigen Stunden flog die Gruppe auf. Es waren Polizisten, die die Flüchtlinge festnahmen, plünderten, als minderwertig beschimpften, misshandelten und für eine Nacht ins Gefängnis steckten. Alle hatten Todesangst, denn sie wussten, sie würden nach Afghanistan zurückgebracht werden.

Der junge Mann hatte sein türkisfarbenes Lieblings-T-Shirt getragen. Es wurde ihm aber schnell von einem der Polizisten weggenommen.

„Das brauchst du jetzt nicht mehr. Die Zeiten an der Uni sind vorbei", sagte der Uniformierte, nachdem er ihn mit seinen groben Händen auf Wertgegenstände hin durchsucht hatte.

Sie brachten die Geflüchteten am nächsten Tag zurück über die Grenze nach Afghanistan, was überaus gefährlich war. Zum Glück ließ man sie dort aber laufen, ohne sie der örtlichen Polizei zu übergeben. Denn spätestens dann wäre sein Leben vermutlich beendet gewesen.

In Kandahar suchten und fanden sie ihren Schleuser wieder, der es in einem weiteren Versuch schaffte, sie unbemerkt über die Grenze zu bringen und durch Pakistan in den Iran zu transportieren. Wegen fehlender Verkehrswege ging es unterhalb der südlichen afghanischen Grenze durch Pakistan in Richtung Iran. Sie wechselten mehrmals die Transportmittel, mal war es ein Pick-up, mal ein alter russischer Bus, in dem sie zu sechst im Hohlraum über dem Hinterrad in völliger Bewegungslosigkeit eng zusammengepfercht kauerten. Es gab wenig Luft zum Atmen und sie lebten in ständiger Angst, entdeckt zu werden. Noch nie zuvor war es ihm so schlecht gegangen. Zwar war ihm die Brutalität der Dschihadisten von Afghanistan bekannt, aber er hatte sie noch nie am eigenen Leib erlebt.

In den Fahrpausen wurden sie einmal aus dem Bus getreten, weil sie ihre eingeschlafenen Glieder nicht schnell genug reanimieren konnten. Auch hier wieder erlebten sie schwere Misshandlungen und Demütigungen. Das war jedoch nichts gegen die unerträgliche Angst, die sie verfolgte, weil der Ausgang ihrer Flucht völlig unbestimmt war. Man hatte schon davon gehört, dass Schleuser, wenn sie erwischt wurden, das Fahrzeug mit den Geflüchteten mit Benzin übergossen und in die Luft sprengten, um selbst einer Strafe zu entgehen. Deshalb waren die Flüchtlinge froh, als die iranischen Berge näherkamen, denn ab hier ging der Weg über große Strecken zu Fuß in Richtung Türkei weiter. Immer wieder mussten sie sich verstecken, waren hungrig und durstig und konnten nicht schlafen, weil das gefährlich hätte werden können. Sie verbargen sich dann in Erdkuhlen und deckten sich mit Laub zu. Inzwischen war es auch bitterkalt und nass geworden.

Noch hatte der junge Mann keine Zeit, sich Gedanken darüber zu machen, was er zurückgelassen hatte: seine Familie, seine Reputation, seinen Wohlstand, ja sein gesamtes bisheriges Leben. Auch wusste er nicht, wohin genau ihn die Reise führen würde, da er sie nicht geplant hatte und zudem von den Schleusern völlig abhängig war. Die Chefs der Schlepper, mit denen der junge Geflüchtete nach bestimmten Abschnitten der Flucht telefonieren musste, sprachen wie höfliche Geschäftsleute mit ihm. Währenddessen behandelten ihn die Schleuser während der Flucht wie einen räudigen Hund. Doch nur sie kannten die Wege und konnten ihn in Sicherheit bringen. Sein Adrenalinspiegel schoss immer wieder in die Höhe. Es galt nur noch zu überleben. Alles andere zählte nicht mehr.

Die Schleuser brachten die Gruppe dann zu Fuß bis kurz vor die Grenze zur Türkei, die sie allein passieren mussten. Es war eine überaus strapaziöse Tour, zu Fuß durch die iranischen Berge zu laufen, aber die meisten schafften es. Man half sich gegenseitig, aber versuchte dabei auch, die schlimmen Bilder derer zu verdrängen, die es nicht geschafft hatten.

Der erste Ort in der Türkei war Van am Vansee, im Osten von Anatolien. Die Landschaft war wunderschön. Nun fiel vorübergehend die Anspannung von ihm ab, und er konnte sich in relativer Sicherheit einer tiefen Erschöpfung hingeben. Über 24 Stunden fuhr er in einem normalen Reisebus nach Istanbul und von da aus schon bald weiter nach Izmir. Hier ist die Drehscheibe für die Flüchtlinge, deren Ziel Europa ist.

Nun begann der gefährlichste Teil seiner Flucht. In einer der folgenden Nächte sollte er nämlich auf einem weißen, unsicheren Schlauchboot von der Türkei aus in Richtung Griechenland übersetzen, mit zwei Geflüchteten als Bootsführer. Einer der beiden war sein Cousin. Die Freude war groß gewesen, als er in der Türkei unerwartet auf ihn getroffen war.

1.000 Dollar musste jeder Flüchtling für die Überfahrt zahlen, auf einem Boot, das selbst nur einen Wert von 1.000 Dollar hatte. Mit 60 Personen war es völlig überfüllt. Also hatten die Schleuser 60.000 Dollar eingenommen, ein überaus lukratives Geschäft!

Die Männer saßen auf dem Rand des Bootes, mit einem Bein im eiskalten Wasser und dem anderen in der Bootsmitte, wo sich die Frauen und Kinder befanden, die sich dicht aneinanderdrängten. Bei jeder stärkeren Welle schrien sie in Todesangst laut auf. Danach starrten alle wieder gebannt auf die Lichter am rettenden Ufer. Man hielt die Luft an, ob die Tankfüllung bis zur griechischen Insel reichte und hoffte, die dortigen Wachsoldaten würden es bemerken, wenn sie doch noch in Seenot gerieten. Denn oft schon hatte man gehört, dass sich die Griechen wegdrehten, um zu ignorieren, dass schon wieder ein Flüchtlingsboot ankam. Dann konnte man nur hoffen, dass die türkische Seite, von der aus man aufgebrochen war, zu Hilfe eilen würde, bevor alle im kalten Wasser ertranken. Die wenigsten von ihnen konnten schließlich schwimmen.

Kurz bevor das Ufer der kleinen Insel erreicht war, hatte einer der beiden, die das Boot in der Dunkelheit gesteuert hatten, schnell ein Messer gezogen und das Boot seitlich aufgeschlitzt, um es unbrauchbar zu machen. Man hatte ihnen aufgetragen dies unbedingt zu tun, weil man sie sonst unter Umständen mit dem gleichen Boot wieder zurückgeschickt hätte. Doch es kam anders als erwartet. Am Ufer wurden sie bereits von den Hilfsorganisationen der Vereinten Nationen erwartet und ans rettende Land gebracht. Ein Flüchtling, der am Steuer eines solchen Bootes erwischt wird, läuft Gefahr, als professioneller Schlepper behandelt und strafrechtlich verfolgt zu werden. Doch das geschah zum Glück in diesem Fall nicht.

Nun befanden sie sich endlich in Griechenland, dem von Geflüchteten so ersehnten Grenzland der Europäischen Union. Da wusste er, er hatte es endlich geschafft. Die letzten Etappen lagen zwar noch vor ihm, aber er befand sich immerhin auf europäischem Territorium.

Er blieb nur kurze Zeit an diesem ersten Ort, zu kurz, um sich den Namen der kleinen Insel mit den weißen Zelten der UN zu merken. Es blieb auch später noch unklar, ob es Kos oder

Chios, Lesbos oder Samos war. Hier gab es jedenfalls eine kleine Verschnaufpause, in der er seinen Fingerabdruck abgeben musste und als Asylsuchender registriert wurde. Noch hatte er keinen blassen Schimmer davon, dass er damit später einen sogenannten „Treffer" in der Eurodac-Datei auslösen würde. Dies war eine Datenbank, die illegale Einwanderung in die Europäische Union kontrollieren sollte. Die sogenannte Dublin-Verordnung sah nämlich vor, alle Geflüchteten wieder in das Land zurückzubringen, in dem sie zuerst registriert worden waren. Aber vorerst sprach keiner davon. Es sollte zügig weitergehen, und zwar zunächst einmal nach Athen. Der Schiffstransport dorthin wurde gegen Bezahlung von den Griechen selbst organisiert.

Um seine Geldreserven für den weiteren Fluchtweg aufzustocken, ließ er anderen Geflüchteten den Vortritt. Diese bezahlten ihn für diesen Zeitgewinn.

Schließlich war es so weit: Für ihn kam ein wunderbarer Lichtblick auf seiner Flucht. Er konnte sich eine Fahrkarte für einen großen Touristendampfer kaufen und fühlte sich nun etwas freier. Denn nun begann die erste Schiffsreise seines Lebens, abgesehen von der lebensgefährlichen Überfahrt auf dem völlig überladenen weißen Schlauchboot. Zwölf schöne, hoffnungsfrohe Stunden hätte er sich wie ein Tourist fühlen können und nicht länger als Geflüchteter. Leider konnte er die Fahrt nicht wirklich genießen, denn er war sehr müde und gesundheitlich ziemlich angeschlagen. Deshalb blieb er nur eine kurze Zeit auf dem Oberdeck, wo ihm die kalte Gischt des Mittelmeers ins Gesicht spritzte und seine nun stark entzündeten Luftwege noch mehr reizte. Den Rest der Stunden verbrachte er schlafend im Unterdeck und verpasste die ersten Momente der Freiheit in Europa. Seine Mitgeflüchteten flirteten inzwischen etwas unbeholfen mit den europäischen

Touristinnen und hatten später in Athen viel darüber zu berichten.

In der griechischen Hauptstadt fand er sich bald auf einem großen Platz wieder und folgte den anderen Afghanen in einem langen Strom. Bald stellte sich heraus, dass man im Obergeschoss eines kleinen Ladens weitere Schleuser finden würde, um die Weiterfahrt über die Balkanroute zu organisieren. Danach waren dann keine Schleuser mehr an seinem Fluchtweg beteiligt.

Von Athen aus ging es mit Bussen durch Nordmazedonien, Montenegro, Kroatien, Slowenien und Österreich, wobei die Gruppe die ganze Zeit über von der Polizei eskortiert wurde. Jeweils vor und hinter den Landesgrenzen standen riesige weiße Zelte der UNO. In jedem der Länder wurden sie gefragt, ob sie bleiben oder weiterreisen wollten. Er fühlte aber, dass es sich um rein rhetorische Fragen handelte. Die Grenzer spulten eher widerwillig einen Fragenkatalog ab. Sie zeigten dabei aber jedes Mal deutlich, dass sie nicht wirklich hofften, dass die Flüchtlinge bleiben wollten. Unser junger Mann hatte noch Geld und wollte unbedingt weiter nach Deutschland.

Dort lebte auch die Schwester seiner Mutter, die ihn zunächst aufnehmen würde. So wurde er gemeinsam mit den anderen Geflüchteten von einem Grenzschutzbeamten zum anderen weitergereicht und abgesehen davon, dass er nun keine Misshandlungen mehr erfuhr, fühlte es sich an, als wären es nun die Grenzsoldaten, die sich als weitere Schleuser betätigten.

Ihm fiel auf, dass die Freundlichkeit der Polizisten, aber auch die Strenge in jedem Land, das er passierte, weiter zunahm und in Österreich vorerst ihren Höhepunkt erreichte. In Wien fand dann nach einer Leibesvisitation die erste komplette körperliche Untersuchung statt. Es gab Geflüchtete, die bis zu diesem Zeitpunkt im Besitz von Waffen als Schutz vor Schleuserübergriffen und sogar von Drogen waren, die sich während der Flucht als hervorragendes Zahlungsmittel erwiesen hatten. Nun aber wurde das alles beschlagnahmt.

Unser Geflüchteter konnte schließlich mit dem nächsten Bus weiter nach Deutschland fahren. Hier landete er nach einer weiteren Tagesreise in Trier, wo er gleich zweimal körperlich untersucht wurde. Er spürte, dass die Gründlichkeit nun, seit er in Deutschland war, ihren Höhepunkt erreicht hatte.

Ankunft in Deutschland

Die Laufstrecke von Kabul nach München beträgt in etwa 5.916 km oder 1.202 Stunden zu Fuß, also ca. 150 Tage, wenn man davon ausgeht, dass man pro Tag etwa 40 km schafft. Unser Geflüchteter brauchte 80 Tage, da er einen großen Teil der Strecke mit den verschiedensten Verkehrsmitteln unterwegs war.

Als er dann nach zweieinhalb Monaten in dem Land seiner Wahl angekommen war, überkam ihn im Haus seiner Tante die völlige Erschöpfung. Er hatte inzwischen hohes Fieber und schlief tagelang nur noch. Dank fürsorglicher Pflege erholte sich sein Körper recht schnell wieder, aber seine Seele blieb in einem zerrütteten Zustand.

Um seinen Aufenthalt zu legitimieren und die Verwandten nicht in Schwierigkeiten zu bringen, musste er nach seiner Erholung schnellstens Asyl vor einer deutschen Behörde beantragen. Ein Cousin brachte ihn also zur nächsten Außenstelle des Bundesamtes für Migration und Flüchtlinge. Von da aus wurde er nacheinander in zwei verschiedene Flüchtlingsheime überstellt.

Dort begann er langsam die Trümmer seines Lebens neu zu sortieren. Aber was er sah, erschütterte ihn. Er war in Deutschland zwar gut aufgenommen worden, denn zu dieser Zeit hieß ein Teil der Menschen die in großen Strömen an den Bahnhöfen ankommenden Flüchtlinge noch willkommen. Schnell begann aber ein anderer Teil sich zu beschweren, das seien viel zu viele, sie hätten die falsche Religion und würden gar nicht zu uns passen. Rechtsextremistisches Gedankengut war mit einem Mal wieder populär geworden. Aber es gab auch viele Menschen, die einfach den Status Quo in Deutschland aufrechterhalten wollten und Angst hatten, von den vielen Fremden überrannt zu werden. Sie wollten, dass alles so bleibt, wie immer, obwohl nichts jemals so geblieben ist, wie es war und das Leben immer Veränderungen unterworfen ist. So waren viele sehr schnell bereit, das Recht auf Asyl noch weiter einzuschränken, wenn nicht sogar aufzugeben. Sie verdrängten, dass es nur einem glücklichen Zufall zu verdanken war, dass sie in einem Teil der Welt geboren worden waren, der ihnen ein Leben in Freiheit ermöglichte.

Die Behörden waren völlig überlastet und schon bald zeigte sich, dass Deutschland die Flüchtlinge nur halbherzig aufgenommen hatte. Es waren fast keine Vorkehrungen getroffen worden, weder zu ihrer adäquaten Unterbringung noch zu ihrer sprachlichen Integration, obwohl man die Flüchtlingswelle schon lange von ferne beobachtet hatte und auch für Deutschland hätte vorhersehen können. Aber da gab es die Dublin-Verordnung, die uns lange Zeit davor schützte, dass wir uns mit dem Thema näher beschäftigen mussten. Die Flüchtlinge sollten entsprechend dieser Verordnung in *dem* Land bleiben, wo sie zuerst das Territorium der Europäischen Union betreten hatten. Dass diese Länder, also Griechenland und Italien, schon lange überfordert waren, war bekannt, aber man verschloss nur zu gerne die Augen und Ohren davor. Zwar sah man die schlimmen Bilder von ertrinkenden Flüchtlingen im Fernsehen, aber gleichzeitig war man froh, dass Deutschland kein Land an der Außengrenze der EU war.

So lief dann alles schleppend mit den Behörden, und der junge Mann merkte, dass er nicht nur jeden Rückhalt seiner Familie verloren hatte, sondern komplett von Null anfangen musste und auch – und dies war die bitterste Erkenntnis –, dass hier niemand auf ihn gewartet hatte.

Er war gerade in einem Alter, wo man das Leben feiern möchte und sich auf die Suche nach einer Partnerin begibt. Doch er stellte schnell fest, dass er seine Attraktivität für die Frauen ziemlich verloren hatte. Auf der Straße war er plötzlich für das andere Geschlecht fast unsichtbar. Er hatte die falsche Hautfarbe und kein Geld, keine Wohnung, kein Auto und auch keinen Job. Wenn er etwas sagte, war zudem klar, dass er nicht nur ein Ausländer war, sondern ein Geflüchteter, denn sein Deutsch steckte noch in den Kinderschuhen. Er war nun völlig abhängig vom deutschen Staat und dem Wohlwollen seiner Bürger. Zwar gab es ein paar Ehrenamtliche, die sich unter vollem Einsatz um Geflüchtete kümmerten, aber es waren nur wenige, und selbst sie waren überlastet. Denn da waren noch viele andere wie er.

Als Afghane hatte er zudem keinen Zugang zu einem Sprachkurs. Dabei musste er bald die leidvolle Erfahrung machen, dass es in Deutschland zwei Arten von Flüchtlingen gab: die besseren und die schlechteren. Die besseren kamen aus Ländern wie Syrien, Irak, Iran, Eritrea und später auch Somalia. Geflüchtete aus diesen Ländern bekamen bald die Berechtigung zum kostenfreien Deutschunterricht, denn sie hatten eine hohe Bleibewahrscheinlichkeit, wie es im Amtsdeutsch hieß. Daraus lernte der junge Mann, dass seine Aussicht, in Deutschland Asyl zu bekommen, nicht allzu groß war, was seine Ängste noch weiter vergrößerte. Er war aus Furcht geflüchtet, aber nun merkte er, dass er hier ein anderes Fürchten kennenlernen sollte.

Er schaffte es immer weniger morgens aufzustehen. Das Leben schien vorbei, bevor es angefangen hatte. Er war in einem freien Land. Doch die Freiheit in Bezug auf seine Mobilität – er hatte eine sogenannte Wohnsitzauflage[5] für den Landkreis, in dem sich seine Gemeinschaftsunterkunft befand

– war genauso beschränkt, wie sein Zugang zu Bildung oder auch nur zur einfachen Arbeitssuche. Schließlich fehlten ihm dafür noch die erforderlichen Sprachkompetenzen.

Das verlassene Kind

Seine Unterkunft war ein ehemaliger Fitnessclub, wo er mit vielen anderen Geflüchteten aus den verschiedensten Ländern in einem großen Raum ohne jede Privatsphäre mit nur einer Toilette und einer Dusche untergebracht war. Schon kurz nach seinem Einzug sollte das Gebäude saniert werden, um eine menschenwürdigere Unterkunft daraus zu machen.

Deshalb musste er mit seinen Kameraden erneut an einem anderen Ort im Landkreis untergebracht werden, seine dritte Umverteilung innerhalb eines halben Jahres. Am Tag vor seinem Umzug bekam unser aller Leben jedoch eine neue Wendung.

Ein paar Ehrenamtliche, darunter auch mein Mann und ich, hatten beschlossen, ein kleines Abschiedsfest für unsere abreisenden Sprachschüler auszurichten. Als wir kamen, hatten die Geflüchteten bereits Tische und Sofas aus ihrer Unterkunft ins Freie getragen. Wir durften zu Anfang einen Blick in den großen Schlafsaal werfen. Sechs Quadratmeter stehen jedem Geflüchteten zu, mir erschien es so, als wäre es weniger. Dicht gedrängt standen die Betten nebeneinander. Da war uns klar, dass es von der Wohnsituation her nur besser werden konnte.

Es war ein schöner, warmer Abend im August. Ein Geflüchteter hatte die landestypischen großen Fladenbrote gebacken, Getränke standen als Zeichen der Gastfreundschaft auf dem Tisch, und wir Ehrenamtliche hatten diverse Salate mitgebracht. Da wir gerade Vollmond hatten, herrschte eine ganz besondere Stimmung. Alle waren entspannt, erzählten von zu Hause und zeigten Bilder ihrer Familie oder aus der Heimat. Die Geflüchteten waren traurig, dass sie nun den Ort wechseln mussten, nachdem sie hier Anschluss gefunden hatten. Sogar Deutsch hatten sie mit uns lernen können, eine Möglichkeit, die ihnen der Staat nicht gewährte, obwohl doch ihr ganzes weiteres Leben in unserem Land davon abhängen sollte.

Der junge Mann, dem ich ab sofort ein Gesicht geben möchte und ihn deshalb Faiaz nenne, kannte mich schon vom Deutschunterricht des Asylkreises. Dort war er mir sofort aufgefallen. Mit seinen 23 Jahren sah er jünger aus, als er war. Er unterschied sich von den anderen Afghanen durch seine selbstbewusste, beinahe aristokratische Haltung. Faiaz wirkte pfiffig, war immer zu Scherzen aufgelegt, konnte zugleich aber auch ernsthaft sein und war – wie sich bald herausstellten sollte – sehr strukturiert und zielstrebig. Wenngleich sein Deutsch noch sehr rudimentär war, gab er sein Bestes und kommunizierte munter drauflos. Er war das Sprachrohr und der Anführer für die anderen afghanischen Jungs, die mit ihm gekommen waren. Es war auch seine Idee gewesen, die jungen Männer im Flüchtlingsheim einzusammeln, um gemeinsam mit ihnen zum Deutschunterricht zu gehen. Viel später sollte ich erfahren, dass es damals ein undenkbares Unterfangen für ihn gewesen wäre, ohne die anderen zu kommen. Sein Selbstbewusstsein war noch nicht so weit entwickelt, dass er sich gegen die afghanische Community hätte durchsetzen können. Individuelle Alleingänge gehörten nicht zu ihrer Kultur. So musste Faiaz seine ganze Überzeugungskraft daransetzen, um sie zum Mitgehen zu bewegen. Sie kamen in der Folge nur unregelmäßig. Einige waren Analphabeten, das erschwerte das Lernen natürlich sehr. Faiaz aber hatte Spaß an der deutschen Sprache und kam stets pünktlich.

Auch bei unserem gemeinsam mit den Sprachschülern unternommenen Ausflug in den Zoo war Faiaz dabei. Dabei hatte ich die Gelegenheit, mich etwas länger mit ihm zu unterhalten. Ich fand heraus, dass er zu den wenigen Gebildeten gehörte und an der Universität von Mazar-eSharif einen Bachelor-Abschluss in Recht und Politik absolviert hatte. Da ich kurz vorher von einem Willkommensprogramm der Universitäten für Geflüchtete mit höherem Bildungsabschluss gehört hatte, wollte ich versuchen, ihm diese Tür zu öffnen. Und er war sehr daran interessiert

Ich lernte ihn noch etwas besser kennen, als er einmal über Kopfschmerzen klagte, nachdem ihm ein Mitgeflüchteter ein paar Tage zuvor im Zorn einen kleinen Fernsehapparat an den Kopf geworfen hatte. Damals erhielt er seine erste homöopathische Behandlung durch mich, denn ich bin Heilpraktikerin und arbeite auch ehrenamtlich in der Hilfe für Flüchtlinge von Homöopathen ohne Grenzen e.V.[6]

Auch mein Mann Roland war dabei gewesen, als wir mit unseren Schülern den Zoo besucht hatten. Er war Faiaz also ebenfalls etwas vertraut und offenbar auch sympathisch. An diesem Abend im August nämlich beschloss Faiaz spontan, dass *wir* seine deutsche Familie werden sollten. Und das kam so:

Die Jungs zeigten uns Bilder aus der Heimat und von ihren Familien. Dabei saß Faiaz neben uns. Und als Roland ihn fragte, ob auch er ein Bild seiner Familie hätte, zeigte ihm der junge Mann *mein* Profilbild bei WhatsApp, auf dem Roland und ich zu sehen waren.

„*Das* sind meine Eltern!" sagte er und schaute uns mit seinen dunkelbraunen Augen tief ins Herz. Es war ein magischer Moment – vergleichbar mit einem Bonding[7] im Kreißsaal – aber vielleicht hatte ich den braunhaarigen Bengel mit seinem tiefgründigen Humor auch schon vorher in mein Herz geschlossen.

In diesem Moment jedenfalls entstand der zwingende Gedanke, dass wir uns weiter um ihn kümmern würden, auch wenn er nun in einen anderen Ort umziehen würde. Und ich war froh, dass mein Mann diese Entscheidung schon bald mittragen würde. Dabei hatten wir nie vorgehabt, uns so stark für Geflüchtete zu engagieren. Aber irgendwie stellte sich diese Frage auch gar nicht. Faiaz war 24 Jahre alt, aber er wirkte auf mich wie ein Kind, das dringend ein Nest brauchte. Und mir wuchsen „Gluckenfedern", um dieses in Deutschland gestrandete Küken zu beschützen.

In unserem Land gilt man in diesem Alter als erwachsener Mann, der auf eigenen Füßen steht, wenngleich es in den letzten Jahren auch bei uns immer öfter vorkam, dass junge Menschen während der Ausbildung oder des Studiums weiterhin bei ihren Eltern wohnten. So wurden Filme wie „Tangui der Nesthocker" produziert. Dies ist ein Film, der in dieser Form niemals in Afghanistan entstanden wäre, da die Familieneinheit dort so stark ist, dass man sie ohnehin selten freiwillig verlässt, teilweise auch aus Gründen der Sicherheit, vermute ich.

Faiaz kam mir in der Folgezeit vor wie ein zugelaufener kleiner Kater, so überaus anhänglich war er. Obwohl er nach dem Umzug nun viele Kilometer entfernt wohnte und sogar umsteigen musste, um zu uns zu gelangen, kam er fast täglich, mal mit dem Fahrrad und mal mit Bus und Bahn. Auch schreckten ihn weder Wind noch Wetter davon ab.

„Wann komme ich?" war die Frage, die er nun täglich per WhatsApp stellte.

Er war in jeder Hinsicht sehr findig. Deshalb hatte er bald herausgefunden, dass der Internationale Bund[8] hilfreich für ihn sein konnte. Dort ließ man ihn vorerst nur an einem Computerkurs teilnehmen, da öffentlich geförderte

Sprachkurse für Afghanen nicht zur Verfügung standen. Man stellte fest, dass er schnell lernte und mit dem PC sehr geschickt umgehen konnte. Die Aufgaben, die er bekommen hatte, um ihn eine Woche am PC zu beschäftigen, löste er innerhalb eines einzigen Tages. Auch war er auf eine nette Art fordernd, was seinen Wunsch betraf, Deutsch zu lernen. So fand man schließlich doch noch eine Lösung für ihn. Im Sprachkurs war zufällig ein Platz frei geworden. Den sollte er nun sogar auf Kosten des Hauses bekommen. Die Sache hatte bloß zwei Haken: der Kurs hatte schon angefangen. Man war sich nicht sicher, ob er nicht überfordert wäre. Außerdem handelte es sich um einen B 1 –Kurs. Ihm fehlten also die ersten beiden Sprachstufen: A 1 und A 2, die beide wiederum aus zwei Kursen bestanden. Zwar hatte er sich schon eigenständig ein paar Worte Deutsch und auch die wichtigsten Verbformen beigebracht, aber dies war natürlich kein Ersatz für die fehlenden Sprachkurse.

Nun also bat er die Leiterin inständig, ihm doch eine Chance zu geben. Er schaffe das schon mithilfe seiner deutschen „Mama", meinte er. Deshalb bestellte man diese seltsame Mama ein, um zu sehen, ob es Sinn machte – und befand dieses Tandem nach einem ausführlichen Gespräch tatsächlich als hilfreich. Faiaz hatte nun die Möglichkeit, die sprachlichen Grundlagen für ein Leben in Deutschland zu schaffen, denn für eine künftige Ausbildung, und auch für die Vorkurse für ausländische Studenten an den Universitäten, war dieser Sprachkurs die absolute Voraussetzung.

Jetzt galt es, das Schlafproblem zu lösen. Denn zu den nächtlichen Albträumen gesellten sich in der Gemeinschaftsunterkunft auch noch die Albträume der anderen, die nachts aufschrien oder nur bei Licht schlafen konnten. Die meisten waren Afghanen wie er und vorerst ohne

Aussicht auf Beschulung, also nachtaktiv. Tagsüber war dann Ruhe im Heim. Man schlief, um den Tag tot zu schlagen und wartete täglich auf die Vorladung zum Bundesamt für Migration und Flüchtlinge, in der Hoffnung auf ein Bleiberecht und die Möglichkeit zu arbeiten. Denn das wollten sie alle. Vorerst aber lief nachts laute Musik, man tanzte, machte erste Gehversuche mit Alkohol und spielte Karten, alles Dinge, die in der Heimat „haram", also verboten waren. Es gab keine Chance zu schlafen, wenn das Rudel beschlossen hatte, wach zu bleiben. So ging es jede Nacht.

Zu diesen Lernerschwernissen kam der Streik der öffentlichen Verkehrsmittel, sodass vorübergehend keine Busse von seinem Vorort in die Großstadt fuhren, wo der Sprachkurs stattfinden sollte. Dies und der Zeitdruck bis zur Sprachprüfung ließen uns die Entscheidung treffen, dass er zunächst in unserem Haus schlafen konnte. Unsere Kinder waren alle ausgezogen. Platz gab es also genug, dazu der Wille und die Muße, unserem freundlichen Kuckuckskind zu helfen.

Kapitel 2

Kulturclash 2.0

Es begann eine Zeit, die viel Wind in unser Leben brachte. Tägliches Lernen als auch tägliche Diskussionen über die kulturellen Unterschiede und Erwartungen wechselten einander ab. Der sprachliche Austausch war dabei für beide Seiten überaus anstrengend, zumal wir auch nicht auf die englische Sprache zurückgreifen konnten. Faiaz' englische Grundkenntnisse schienen durch das Erlernen der deutschen Sprache verloren gegangen zu sein. Aber er hatte ein großes Mitteilungsbedürfnis und ich ein ebenso großes Bedürfnis ihn zu verstehen. Und so war es, wie es bei Müttern mit Klein-kindern so üblich ist: die Mutter versteht ihr Kind, weil sie sich einfühlen kann und füllt unvollständige Sätze im Geiste mit Worten, die passen könnten. Ich war in dieser Zeit sehr glücklich, dass er mir so tiefe Einblicke in sein Leben und sein Herz gestattete und ließ ihn in das meine. Es war eine beinahe mystische Zeit des Erkennens auf beiden Seiten. Er brachte den Orient in unser Haus, und wir nahmen ihn mit offenen Armen in den Oxident auf. So sehr ich aus der Verwunderung und dem Entsetzen nicht herauskam, welche Welt sich nur knapp 6.000 km und 9 Flugstunden von uns entfernt abspielte, so groß war auch sein Staunen über die westliche Welt und unsere Art zu leben. In dieser Zeit kam er mir oft vor wie ein Kind, das zum ersten Mal einen Weihnachtsmarkt besucht. Er machte ununterbrochen große Augen und verglich seine alte mit der neuen Welt. In dieser Zeit lachten wir viel miteinander.

Verwirrend war für ihn allerdings mein dominantes Auftreten in der Familie. Er kommentierte dies mit seinem üblichen Humor:

„In Afghanistan bin ich für Frauenrechte auf die Straße gegangen, hier für Männerrechte!"

Als er dann mal – wie so oft – einen Rückfall in seinen afghanischen Machismo hatte, habe ich laut gedacht: „Für welche Frauenrechte bist Du eigentlich auf die Straße gegangen?"

Seine Antwort kam prompt: „Für Kopftuchfrei. Damit die Frauen beide Hände frei haben zum Kochen."

Als ich daraufhin sagte, hier müsse er selbst kochen, meinte er trocken:

„Ist Tyrannerei. So streng hier, ich wollte Freiheit, aber bin ich auch nicht frei hier."

Eine Weile hatte er das Gefühl, endlich angekommen zu sein und wollte nur schnell loslegen mit dem Leben. Er versuchte immer wieder, die Vergangenheit samt seiner afghanischen Familie komplett hinter sich zu lassen. Dabei musste er aber mit der Zeit schmerzlich erkennen, dass man seine Wurzeln nicht kappen kann, ohne den ganzen Baum zu töten. Auch war seine Familie sehr auf ihn und sein Wirken in Deutschland ausgerichtet und ließ ein Verdrängen immer nur kurzfristig zu. So begann ihn die innere Zerrissenheit mehr und mehr zu schmerzen, besonders abends und in der Nacht. Tagsüber blieb er aber erlebnishungrig.

„Wohin gehen wir?" war seine ständige Frage.

Er suchte krampfhaft nach Ablenkungen von den Dämonen in seinem Kopf. Spätestens nachts jedoch holten ihn die Vergangenheit – und leider auch das Trauma seiner Flucht – schnell wieder ein und raubten ihm den Schlaf und ebenso die Lebenslust.

In dieser Zeit ging selbst ich spät in der Nacht zu Bett. Denn die Gespräche mit ihm waren ebenso interessant wie langwierig. Wenn ich mich schließlich für die Nacht zurückziehen wollte, versuchte er mich meist davon abzuhalten, indem er meine Aufmerksamkeit auf Bilder oder kurze Videos auf seinem Smartphone lenkte, die er mir unbedingt noch zeigen musste. Und trotz des täglichen Kümmerns und Umsorgens hatte ich ein ewig schlechtes Gewissen, wenn ich meinen ach so dringend benötigten Schlaf herbeisehnte, wohl wissend, dass Faiaz inzwischen längst seine nächste Flucht angetreten hatte, die vor den schlimmen Träumen und einem Leben, das so schwierig geworden war. Erst im Morgengrauen, wenn die Schatten der Nacht verblassten, war für ihn endlich an das Einschlafen zu denken. Es war verständlich, dass er krampfhaft versuchte, wach zu bleiben. Aber diese Schlafflucht wirkte sich natürlich auch auf seine Lernfähigkeit aus und noch mehr auf seine Motivation. Dennoch gab er mit einigem Murren und vielen Beschwerden über dieses schlimme Leben sein Bestes. Er fühlte sich – wie viele Afghanen – immerzu als Opfer, und ich musste aufpassen, dass ich ihn in dieser Rolle nicht noch bestärkte.

Über die Organisation „Homöopathie ohne Grenzen" hatte ich Kurse zum Umgang mit Menschen mit posttraumatischer Belastungsstörung besucht. Von der Theorie her wusste ich über Flashbacks und ähnliche Phänomene Bescheid. Nun aber sollte ich sie auch praktisch kennenlernen. Einmal war ich dabei, als Faiaz aus dem Schlaf heraus einen Flashback erlebte. Es war für mich fast genauso erschütternd wie für ihn.

Nach einer schlimmen Nacht war er nachmittags auf unserer Couch vom Schlaf überwältigt worden. Eine Weile später schreckte er plötzlich hoch. Er erkannte mich nicht, starrte mich völlig verstört und mit weit aufgerissenen Augen an, so als hätte er gerade einen direkten Blick in die Hölle geworfen. Mir lief es ebenfalls eiskalt über den Rücken. Für ein paar Minuten war Faiaz tief in dieser Lage gefangen. Ich versuchte schnell, alles abzuspulen, was ich für solche Situationen auf meinen Seminaren gelernt hatte. Als erstes gab ich ihm ein großes Glas eiskaltes Wasser sowie ein Stück Zitrone, damit er wieder zurück ins „Hier und Jetzt" fand. Denn meine beruhigenden Worte allein konnten gegen seine Panik gar nichts ausrichten. Als er sich schließlich wieder gefangen hatte, war er völlig erschöpft.

Ich überlegte immer wieder, wie ich die Situation verbessern konnte. Um den Ablauf seiner Tage mehr zu strukturieren und ihm dadurch Halt zu geben, fragte ich am Anfang unseres Zusammenlebens nach seinen Hobbys. Doch es gab keine in unserem Sinne. Ein Afghane geht in der Regel nicht in Sportvereine und pflegt auch keine individuellen Freizeitbeschäftigungen. Stattdessen trifft er sich in sozialen Gruppen mit anderen jungen Männern, trinkt Tee und redet. An schönen Tagen fahren die Familien z. B. zu Flussniederungen, wo sie auf Teppichen Picknicks veranstalten und sich – meist getrennt in gleichgeschlechtliche Gruppen – unterhalten.

Afghanen sind keine Individualisten. Sie definieren sich über die Gruppe. Dennoch stellte sich immer mehr heraus, dass sich Faiaz auch in Afghanistan sehr von den anderen unterschieden hatte. Er war schon dort ein Einzelkämpfer gewesen, der „Politiker", wie man ihn nannte, mit seinen eigenen Ansichten vom Weltgeschehen. Geprägt war er von Facebook und dem Internet, was ihm an Tagen mit stabiler Netzverbindung einen Blick in die große Welt ermöglicht hatte, eine Welt, die er unbedingt mit allen Sinnen fühlen und erleben wollte.

Hier in Deutschland fuhr er gerne allein mit dem Fahrrad los, um die Natur zu bewundern und auf unzähligen Fotos festzuhalten, aber auch um kleinere und größere Städte anzusehen und dort mit Menschen in Kontakt zu treten. Er liebte es, mit Bus und Bahn zu fahren. So fand er eine Möglichkeit, mit Fremden zu reden. Was ihn von anderen Afghanen unterschied, war die Tatsache, dass er Menschen aller Kulturen kennen lernen wollte. Am wenigsten allerdings zog es ihn zu den eigenen Landsleuten.

Ich stellte schnell fest, dass uns beide ein großes Interesse an der Musik verband. Er war dabei offen für alle Richtungen, afghanische, deutsche, Pop und Rock, Hiphop und sogar Klassik. Als Kind schon hatte er gerne Sänger werden wollen. Er erinnerte sich einmal daran, wie er mit der Bürste in der Hand als Mikrofon vor dem Frisiertisch seiner Mutter stand und sang. Auch ich hatte das Singen bereits als Kind geliebt, doch tat ich es um der Stimme und der schönen Melodien Willen. Bei ihm schien mir der Wunsch nach einem öffentlichen Auftritt im Vordergrund zu stehen. Und schon bald sollte mir auffallen, wie sehr er das Rampenlicht in jeder Hinsicht liebte und suchte.

Ein großer Pianist oder Gitarrist zu sein, wäre sein Traum gewesen. So probierte er unsere Instrumente aus, die Gitarre und das Klavier. Aber die Anstrengung, es wirklich zu lernen, war ihm bald zu groß, und so hörte er wieder damit auf.

Wir gingen manchmal zum „Rudelsingen" mit ihm, das in ein paar Nachbargemeinden angeboten wurde. Hier konnte jeder mitsingen, egal wie gut es klang. Es war so laut, dass man falsche Töne ohnehin nicht hören konnte. Meine durch Chorarbeit geschulten Stimmbänder waren schnell beleidigt, aber wir sahen die Freude in seinen Augen und gingen noch öfter mit ihm dorthin. Hier war er unter Menschen, was ihn glücklich machte und von seinen Problemen vorübergehend ablenkte. Auch wenn er die Lieder nicht kannte, sang er mit, als hätte er nie etwas anderes getan. Besondere Freude ereilte ihn bei dem Lied „Dschingis Khan", in dem es um den berühmten Mongolenführer ging, der Afghanistan im Jahr 1219 als letzter bezwungen hatte[9].

Faiaz hatte eine schöne Stimme, und so begleitete ich ihn später eine Weile zu einem Chor. Abends spielten wir oft Billard mit Roland und später auch Boule. Sogar zu Halloween-Partys, Musik und Tanzveranstaltungen nahmen wir ihn regelmäßig mit.

Aber trotz all dieser Aktivitäten sprach Faiaz immer wieder von einer tiefen Einsamkeit, was mich oft bestürzte, denn wir waren doch immer an seiner Seite und taten, was in unserer Macht stand. Im Nachhinein denke ich aber, dass er damit eher Zustände beschrieb, die wir in dieser Form weder kannten noch nachvollziehen konnten. Sie überrollten ihn, wie die oben beschriebenen Flashbacks. Auch aus den Wellen von Einsamkeit konnte er sich nur mit großer Anstrengung befreien. Es schien, als würde er sich hin und wieder selbst verlieren.

Für mich selbst sollte das Wort Einsamkeit fortan eher einen Wunschgedanken ausdrücken, denn Faiaz saß nicht etwa in seinem Zimmer im ersten Stock unseres Hauses, sondern direkt in unserem Wohnzimmer auf der Couch und besetzte dabei sogar meinen Lieblingsplatz.

Er war Teil unseres Lebens geworden, eine Freude und manchmal auch ein Albtraum, wobei es eigentlich eher Faiaz war, der die Albträume für sich abonniert hatte. Es wurde uns schnell klar, dass er die Flucht noch lange nicht aufgearbeitet hatte und dringend psychologische Unterstützung brauchte.

Denn die schlimmen Träume wollten unglücklicherweise selbst in unserem Haus nicht aufhören, weshalb er frühmorgens auf dem Weg zur Sprachschule bisweilen wie ein Zombie zur Haltestelle fuhr. Ich hatte des Öfteren Sorge, dass er wegen dieses Zustandes einmal unter die Räder kommen würde.

Gegen die Schlafstörungen gab ich ihm diverse naturheilkundliche und homöopathische Mittel. Später erhielt er auch verschreibungspflichtige Medikamente von verschiedenen Ärzten. Doch es half alles nichts.

„Nachts kommt ein Begleiter, den kenne ich auch nicht", sagte er einmal und sehnte das Licht des Tages wieder herbei. Ich denke, die Homöopathie hätte sicher eine Chance gehabt, wenn er offen dafür gewesen wäre. Doch irgendwann fand ich heraus, dass er einen inneren Glaubenssatz hatte, der den Weg zur Heilung versperrte. Er war zu jener Zeit noch davon überzeugt gewesen, dass Tabletten oder Kügelchen den Schalter nicht einfach so umlegen können. Nach meiner über dreißigjähriger Erfahrung weiß ich, dass er nicht an die Homöopathie hätte glauben müssen, aber eine gewisse Offenheit in Bezug auf ihre Wirksamkeit wäre sicher von Vorteil gewesen. Leider fehlte ihm diese, wodurch zu diesem Zeitpunkt meine Bemühungen erst einmal erfolglos blieben. Faiaz blockierte sich selbst, weil er Heilung für unmöglich hielt.

Zahlende Patienten haben die Angewohnheit, einfach wegzubleiben, wenn sich kein Erfolg einstellte. Bei Faiaz war es anders: Tagtäglich hatte ich den Misserfolg meiner Bemühungen direkt vor mir sitzen, was mich nicht selten an den Rand der Verzweiflung brachte. Ich begann schon, mich an manchen Tagen genauso schlecht zu fühlen wie er. Ich hatte dabei das Gefühl, in sein Boot eingestiegen zu sein, anstatt ihm aus seinem herauszuhelfen und ihn ans sichere Land zu bringen.

Was fast immer half, waren die Begegnungen mit anderen Menschen. Oft waren sie die einzige Möglichkeit, ihn aus seiner trüben Stimmung zu befreien. Es reichte dabei aus, mit ihm zu öffentlichen Veranstaltungen, in eine Stadt oder einen Park zu gehen. Schon verwandelte sich sein trauriges Gesicht, und er strahlte Freude und Zuversicht aus. Auch sein Humor bekam dann schnell wieder die Oberhand. Ich hatte nicht selten das Gefühl, es innerhalb einer Stunde mit völlig verschiedenen Personen zu tun zu haben.

Wegen dieses Bedürfnisses nach Menschen, kam ihm meine – und auch seine – Hilfsbereitschaft gerade recht. Es gab so viele Landsleute, die Hilfe brauchten. Immer wieder besuchten wir sie in den Flüchtlingsheimen, um Briefe zu übersetzen, die sie von den Ämtern erhalten hatten oder um zu erklären, wie unsere westliche Welt funktionierte, um einen Anwalt für das Klageverfahren zu suchen oder sie dorthin zu begleiten. Auch gemeinsame Arztbesuche machten wir, wobei Faiaz schon bald als Übersetzer fungierte, nachdem ich ihm vor Ort jeweils die „Medizinersprache" in sehr einfaches Deutsch übersetzt hatte.

Aus dieser Zeit stammt die folgende Geschichte, die mich noch heute zum Lachen bringt: Als er seinem Cousin Samir das Aufklärungsgespräch vor einem chirurgischen Eingriff übersetzen sollte, wunderte ich mich etwas, da Samir erst erschrocken aufschaute und danach beide kicherten. Später fragte ich Faiaz, was er denn da übersetzt hätte.

Er erklärte: „Die Ärztin sagte, es sei möglich, dass der Patient während der Operation aufwache, man gäbe ihm dann aber schnell eine Extragabe des Narkosemittels."

Faiaz übersetzte das für Samir jedoch frei wie folgt:

„Es ist möglich, dass du während der OP wach wirst. Für diesen Fall steht aber schon eine Pfanne bereit, die man dir kurz auf den Kopf schlägt, damit du wieder das Bewusstsein verlierst."

Gut, dass die Narkoseärztin diese Übersetzung nicht mitbekommen hatte.

Ein anderes Mal gab es in einer afghanischen Familie einen Fall von häuslicher Gewalt. Ich hörte, wie Faiaz mit dem Landsmann sprach. Seine Übersetzung später für mich:

„Bitte nie mehr deine Frau schlagen. Wir sind hier in Deutschland. Das ist nicht erlaubt. Wenn du wieder einmal wütend auf sie bist, bitte nicht schlagen. Ruf mich an. Dann komme ich – und wir schlagen zusammen." Das ist der typisch schräge Humor von Faiaz. Dabei gibt es keinen friedliebenderen Menschen als ihn. Die höchste Stufe seiner Aggressivität bestand in langwährendem Schweigen.

Abends sahen wir manchmal gemeinsam fern. Einmal ging es um Flüchtlingsfrauen in einem Brennpunkt in Berlin. Frauen, die schon lange in Deutschland waren, versuchten neu angekommenen Geflüchteten bei der Integration zu helfen, indem sie regelmäßige Treffen veranstalteten und mit den Kindern und deren Müttern spielten und redeten. Als Sprecherin der Helfergruppe sah man eine vermutlich türkische Frau mit eng um den Kopf gebundenem Kopftuch. Sie erklärte, dass diese Veranstaltungen der Integration dienten. Faiaz sah die Frau und sagte verwundert:

„So weit ist es mit Deutschland schon gekommen. Hier möchte ich mich gar nicht integrieren."

Frauen mit Kopftuch nämlich erinnerten ihn an das Leben in Afghanistan, ein Leben, das einer ihn stark belastenden Vergangenheit angehörte. Als wir einmal wegen seiner Albträume in einer psychiatrischen Praxis vorsprachen, war die behandelnde Ärztin eine Türkin mit Kopftuch. Faiaz blieb ihr gegenüber recht verschlossen. Später stellte er enttäuscht fest:

„Nun bin ich 6000 km von Afghanistan nach Deutschland geflüchtet, und wer soll mich hier von meinen Albträumen befreien, eine Muslima mit Kopftuch. Sie *kann* mich nicht verstehen."

Ein Carnivore zwischen Flexitariern

Ein besonderes Thema war unser tägliches Essen. In Afghanistan gehören Reis und Fleisch zu jeder kompletten Mahlzeit. Es wird für die Zubereitung der Speisen viel Zeit aufgewendet. Alles wird liebevoll und farbenfroh dekoriert. In unserer Familie hingegen war es üblich, gesund und abwechslungsreich, aber bei allem auch zweckmäßig zu kochen, wenn nicht gerade Besuch da war. Faiaz war Dauergast und zählte längst nicht mehr dazu. Fleisch kochte ich üblicherweise einmal die Woche, also entschieden zu wenig für afghanische Verhältnisse. Dafür gab es aber für unseren Carnivoren (Fleischesser) oft ein Würstchen oder Eier dazu, damit unser verwöhntes Küken nicht zu kurz kam. Das Würstchen aß er übrigens am liebsten „verbrannt", sein Synonym für angebraten.

Wir selbst sind Flexitarier, versuchen so wenig wie möglich – wenn aber hochwertiges – Fleisch zu essen, und Vegetarier haben unsere volle Sympathie. Wenn ich behutsam auf das Tierleid in der Käfighaltung hinwies und fragte, wie *er* dazu stehe, sagte er:

„In Afghanistan sterben die Menschen, da kümmert man sich nicht um die Tiere. Die Afghanen stehen in der Entwicklungspyramide weiter unten, denn für Entwicklung war die letzten 40 Jahre kriegsbedingt keine Zeit. Es ging und geht nur immer ums nackte Überleben."

Allerdings werden die Tiere in Afghanistan auch artgerechter gehalten als bei uns. Es gibt dort keine Käfighaltung, und die Tiere leben in engem Kontakt zu den Menschen, teilweise sogar in den Städten. Katzen und Hunde allerdings hält kein Afghane in seinem Haus. Sie gelten als unsauber.

Was die Essenszubereitung angeht, kocht man in Afghanistan mit sehr viel Öl. Wir gehen eher sparsam damit um. So kam es einmal vor, dass Faiaz Besuch von zwei afghanischen Freunden bekam, die ihm eine in Geschenkpapier verpackte Flasche mitbrachten. Ich wunderte mich zunächst, denn ich dachte, es sei Wein. Die Frau, die das Geschenk mitgebracht hatte, war jedoch eine strenge Muslima. Meine Verwunderung wurde dann noch größer, als Faiaz eine Flasche Olivenöl auspackte. Sie wollte ihm einen Gefallen tun, in der Annahme, dass es in unserem Haushalt einen Mangel daran gäbe. Dabei wollte Faiaz eigentlich nicht, dass ich mit viel Fett brate. Er hielt das reichliche Öl in den afghanischen Speisen für einen der größten Krankheitsverursacher.

Eines erkannte ich schnell: Reis ist keine bloße Beilage und ihn zu kochen eine Kunst. Das afghanische Nationalgericht heißt Kabuli Palau: ein Reis, der mit Möhren, Rosinen und Gewürzen wie Nelken, Zimt und Kardamom gekocht wird. Üblicherweise werden auch Lammstücke mitgegart, aber auch die vegetarische Variante ist sehr wohlschmeckend, besonders wenn man noch ein paar Pistazien oder gestiftelte Mandeln hinzufügt. Auch darf dem Reis eine zarte Kruste am Boden des Topfes nicht fehlen.

Bolanis, eine weitere Nationalspeise der Afghanen, wurden ebenfalls neu in unseren Speiseplan aufgenommen. Es brauchte ein wenig Zeit, bis ich gelernt hatte, die Teigtaschen, in die zerstampfte Kartoffeln mit klein geschnittenen Lauchzwiebeln gefüllt wurden, in der richtigen Feinheit auszurollen.

Aber auch Faiaz probierte bereitwillig all unsere Speisen aus. Sein armer Magen wurde hin- und hergerissen, weil er einmal bei den afghanischen Freunden, ein anderes Mal wieder bei uns aß und sich sein Verdauungssystem dadurch nicht auf eine Form der Zubereitung einstellen konnte.

Die afghanische Geburt

Eine unserer schönsten gemeinsamen Geschichten erlebten wir, als wir eine afghanische Frau ins Krankenhaus begleiteten. Ihr Kind sollte per Kaiserschnitt und unter Rückenmarksanästhesie geholt werden. Sie verstand unsere Sprache noch nicht und war deshalb voller Angst. Wir boten ihr seelischen Beistand an, indem wir gemeinsam mit ihr zur Entbindungsklinik fuhren. Dort nahm ich auf einem kleinen Stühlchen Platz, das neben ihrem Kopf stand. Zwischen uns und dem OP-Bereich befand sich eine zeltartige Abdeckung. Faiaz hatte mir ein paar afghanische Sätze beigebracht. Damit versuchte ich die junge Frau zu ermuntern und zu beruhigen. Mit meinem mir kurzfristig angeeigneten, sicherlich lustig klingenden Dari brachte ich sie ab und zu sogar zum Lachen.

Damit die Frau verstand, wie sie beim Setzen der Narkosespritze atmen und sitzen musste, brauchten die Ärzte schließlich einen Übersetzer. Nun ist es aber in Afghanistan vollkommen unmöglich, dass ein Mann bei der Geburt dabei ist. Sogar der Ehemann der Frau saß außerhalb des Kreissaalbereiches vor der Tür. Er sprach wie sie kaum Deutsch. Als Faiaz dann gebeten wurde, als Dolmetscher zu vermitteln, zierte er sich zunächst entsprechend. Der Arzt erklärte aber, dass seine Hilfe dringend benötigt würde und er die Kommandos an die Gebärende auch vom Flur aus geben dürfte. So würde er nichts vom eigentlichen Geburtsvorgang mitbekommen. Etwas blass im Gesicht willigte Faiaz dann ein. Er wollte schon gerne helfen, denn auf diese Art brauchte die junge Frau keine Vollnarkose. Und schon bald darauf konnte sie glücklich, ihre kleine Tochter in den Arm nehmen. Alles war gut gegangen. Und auch Faiaz konnte stolz sein, unter anderem, weil er es geschafft hatte, dabei nicht ohnmächtig zu werden. Und der frisch gebackene Vater hat sich wahrscheinlich im Geiste wegen des Ehrverlustes, dass ein fremder Mann während der Entbindung seiner Frau anwesend war, in die Faust gebissen. Über alledem aber war er froh, dass Frau und Kind die Geburt gesund und wohlbehalten überstanden hatten.

Verschiedene Redekulturen

Neben unseren häufigen Treffen mit seinen afghanischen Landsleuten wäre Faiaz gerne öfter mit Deutschen zusammengekommen. Manchmal nahmen wir ihn mit zu unseren Freunden, aber nicht alle waren offen dafür. Alle fanden es prima, dass wir das machten. Aber richtig verstehen konnten es wenige. Auch in meiner Praxis gab es vereinzelt Patienten, die mein Umgang mit den Geflüchteten so sehr befremdete, dass sie in der Folgezeit wegblieben.

Bei Faiaz war es umgekehrt. Bei ihm stieß es immer wieder auf ziemliches Unverständnis, dass wir nicht viel öfter mit Nachbarn und Freunden zusammensaßen, um zu reden. Jedes Mal, wenn wir jemanden auf der Straße trafen und ein paar freundliche Worte gewechselt wurden, fragte er anschließend: „Und wann gehen wir dorthin zum Kaffeetrinken?"

Manchmal dachte ich, er wollte mich mit dieser ständigen Frage provozieren, denn meine Zeit war durch seine Betreuung und die der anderen afghanischen Familien ohnehin schon empfindlich knapp geworden. Noch mehr Zeit wollte und konnte ich nicht entbehren. Faiaz war eine Bereicherung für uns, aber er nahm auch viel Zeit in Anspruch.

Das gemeinsame Leben stellte sich in vielerlei Hinsicht als nicht einfach heraus. Es prallten zwei Kulturen aufeinander, die unterschiedlicher kaum hätten sein können. Dabei war schwierig herauszufinden, was kulturell bedingt war und was im Wesen der Person unseres Geflüchteten selbst lag. Was war Teil der posttraumatischen Belastungsstörung, und was gehörte einfach nur zu den Charakterzügen dieses jungen Mannes? Es passte vieles nicht zusammen: Einerseits brachte ihn sogar meine vorsichtig verpackte Kritik schnell in eine

Abwehrhaltung, andererseits sah ich, dass er *selbst* durchaus aus der Hüfte schießen konnte. Er schien dabei nicht zu merken, dass er mich mit seinen Worten auch verletzte.

Das brachte mich oft in Rage, gab er mir doch immer wieder das Gefühl, die Dinge nicht gut genug zu machen, umgekehrt aber zu viele Erwartungen an ihn zu haben. Unzählige Gespräche folgten, in denen er versuchte, sein Verhalten zu rechtfertigen und dabei betonte, *wir* müssten uns nicht ändern, nur er. Aber wir sollten nachsichtiger sein und Geduld haben, da alles sehr kompliziert für ihn sei und er tausend andere Probleme habe. Wenn es um kleine Hilfen im Haushalt ging, hätte ich mir so manches Mal gewünscht, dass er, anstatt lange, zähe Diskussionen zu führen, einfach schnell die Aufgabe erledigt hätte, um die ich ihn gebeten hatte.

Vor allem aber waren es die unterschiedlichen Redekulturen, die sich als größte Schwierigkeit herausstellten. Wir Deutschen sind mit unserer Art der Kommunikation oft sehr direkt und wirken dabei schnell unterkühlt. Faiaz führte das einmal auf die unterschiedlichen Klimazonen zurück, aus denen wir stammten. Er glaubte nämlich, dass Menschen, die in wärmeren Zonen lebten, warmherziger, gastfreundlicher, aber auch hitziger wären, während wir Menschen aus dem kühlen Norden eher gefühlskälter und unnahbarer wirkten. Das drücke sich ebenso in der Art zu reden und zu arbeiten aus.

„Die Deutschen sind wie Maschinen. Sie arbeiten und arbeiten, aber das Menschliche ist für sie nicht so wichtig", war seine Beobachtung.

Ich hingegen sah viele von uns als überaus hilfsbereit und menschenfreundlich. Es fiel mir schwer, solche pauschalisierenden Bemerkungen zu verstehen, und oft war ich ärgerlich deswegen. Ich wunderte mich, wie er zu dieser Einschätzung kam, war er doch überwiegend mit uns zusammen. Er sprach dabei wahrscheinlich über Erfahrungen, die er auf Ämtern, in Arztpraxen und in der Öffentlichkeit gemacht hatte. Begleitete ich ihn, worum er immer wieder inständig bat, waren alle freundlich zu ihm. Mir erschien es normal, weil ich diese Höflichkeit als Deutsche gewohnt war. Er aber war immer wieder erstaunt, wie viel besser man ihn in unserem Beisein behandelte. Er wurde durch unsere Begleitung vom Menschen zweiter Klasse zu einem ernst zu nehmenden Bürger. Es war bestürzend! Ich fragte mich, wie die anderen Geflüchteten, die keine Unterstützung durch Ehrenamtliche hatten, mit diesem Gefühl emotional zurechtkamen.

Doch zurück zu unserer Kommunikation. Was unterschied uns voneinander? Kulturelle Ratgeber[10] schreiben in Bezug auf die verschiedenen Redekulturen folgendes: Verwendet man die „direkte Rede" bei Menschen aus asiatischen Kulturen, die das nicht gewohnt sind, so wirkt das sehr befremdlich und unhöflich auf sie. Auch kommt man damit nicht sehr weit. Das lösungsorientierte direkte Reden, kennt ein Afghane nicht. So führt es unweigerlich zu Missverständnissen und Ehrverletzungen. Üblicherweise wird nach einem langen Vorgespräch, bei dem man den Gesprächspartner freundlich stimmt, das jeweilige Thema langsam eingekreist, um auf verschlungenen Pfaden schließlich zum Eigentlichen zu kommen. Mit Kritik hingegen geht man normalerweise sehr vorsichtig um. Sie wird geschickt in blumenreiche Worte verpackt, sodass reichlich Gespür dafür notwendig ist, um zu erkennen, was das Gegenüber nun eigentlich genau ausdrücken wollte. Auch ist die Stimmung im Raum fast ebenso wichtig wie der Inhalt des Gespräches. Wenn Menschen aus dem asiatischen Raum Dinge aus Respekt verschweigen, gilt das bei uns leicht als Unehrlichkeit. Umgekehrt aber wird die deutsche Offenheit von unseren orientalischen Freunden schnell als emotionale Kälte empfunden.

Bei den Gesprächen mit Faiaz kam es oft vor, dass wir nach einer Endlosdiskussion an einem Punkt angelangt waren, an dem die ursprüngliche Frage vollkommen außen vor geblieben war. Wenn ich versuchte, darauf zurückzukommen, erhielt ich oft die Antwort: „O. k. – also von Anfang."

Das schenkte ich mir allerdings bald und versuchte zu einem Ende zu kommen, das für uns *beide* annehmbar war. Ich suchte stets den Kompromiss. Der war aber nicht immer zu finden, besonders wenn es um die Mithilfe im Haushalt ging oder um das Handy, das während des Essens ausbleiben sollte. Dann schaffte es Faiaz regelmäßig, von der speziellen Situation auf ein metaphorisches großes Ganzes abzulenken. Das machte mich oft wütend, und die Gespräche endeten in beiderseitigem Schweigen.

Überhaupt gab es mit familiären Absprachen häufig Probleme. Er widersprach meinen Bitten und Aufforderungen nie. Das wäre aus seiner Sicht offenbar unhöflich gewesen, aber letztendlich hielt er sich an unsere Vereinbarungen auch nur selten. Manchmal sagte er:

„Was, das habe ich gestern gesagt? Ich erinnere mich gar nicht."

Er erklärte, er sei jeden Tag ein neuer Mensch und probiere deshalb immer neue Meinungen aus. Ein pubertierender Teenager konnte nicht anstrengender sein als er.

So manche Unterhaltung verließ Faiaz einfach, weil er nicht wollte, dass ich „schreie", wie er sagte. Nun handelte es sich bei diesem Schreien aber keineswegs um das, was wir darunter verstehen, sondern eher darum, dass ich ärgerlich war und etwas forscher als üblich sprach, eben direkt. Wenn ich dann mit leicht erhobener Stimme sagte: „Ich schimpfe nicht", sagte er. „Siehst du!" und lachte.

Ich hatte einmal gelesen, dass es Afghanen nicht gewohnt sind, Herren zu haben, was sich auf die Politik bezog. Im häuslichen Bereich fiel mir dazu auf, dass es Faiaz nur schwer ertragen konnte, wenn ich mich als Frau dominant verhielt. So gab es oft sprachliche Meinungsverschiedenheiten.

Glücklicherweise hielten unsere kleinen Weltuntergänge immer nur bis zum nächsten Tag an. Dann startete er voller Energie erneut. Auch ich stand auf, richtete mein Krönchen und hoffte, dass aus dem kleinen eigensinnigen Bengelchen am nächsten Tag wieder – wie üblich – ein freundliches Engelchen werden würde.

Späte Mutterschaft

Er betonte immer wieder, dass er sich noch wie ein Kind fühlte. Er müsse nachholen, was er in Afghanistan verpasst habe, da er dort unter bürgerkriegsähnlichen Bedingungen nie Kind habe sein dürfen. Auch von seiner Kultur her, war er als erstgeborener Sohn früh in eine Verantwortung gedrängt worden, die ihn überforderte. In den 90er Jahren, als die Taliban aufkamen, durfte seine Mutter als Frau das Haus nicht allein verlassen, wohl aber in Begleitung ihres kleinen Sohnes. Für uns unvorstellbar, dort war es normal. Er war also früh gezwungen worden, sich wie ein Erwachsener zu verhalten. Auch war sein Leben durch die strikten Regeln des Islam stark eingeschränkt.

Hier in Deutschland kam der kleine Junge wieder zum Vorschein. Entspannt lehnte er sich zurück und scheute ab sofort jede Verantwortung. So drängte er mich in die Rolle der Mutter, obwohl ich doch lieber eine Freundin und Lotsin gewesen wäre, die ihn in die Integration begleitete.

„Freundinnen gibt es viele", sagte er. „Sie wechseln. Eine Mutter hat man nur eine."

„Deine Mutter ist in Afghanistan", erwiderte ich dann manchmal.

Sie ist meine „Madar", erklärte er mir dann. „Du bist Mama, alles, was ich hier habe."

Von seiner Familie sprach er sehr wenig, am ehesten noch von seinen beiden Schwestern, die ihm ganz besonders am Herzen lagen. Ansonsten hatte er eine Mauer des Schweigens und Verdrängens um seine zurückgelassene Familie gebaut. Es war der Versuch, nicht an der Einsamkeit zu zerbrechen. Ein einziges Mal sprach ich per Skype mit seiner Mutter und seiner kleinen Schwester. Ein trauriges Gespräch, bei dem die Mutter weinte und die Schwester ihrer Sehnsucht Ausdruck gab, zu ihm nach Deutschland kommen zu dürfen.

Erst später entdeckte ich einen der Gründe, warum Faiaz den Kontakt mit seiner afghanischen Familie so sehr vermied. Es war der lange Arm der Einflussnahme, der selbst über 6000 km Entfernung herüberreichte und sein Leben weiter bestimmen wollte. Schon in Afghanistan hatte er über seine kleine Wohnung in Kabul versucht, dem zu entgehen. Doch noch immer wollten ihn die Eltern kontrollieren und Einfluss nehmen. Nicht, weil man ihm ein eigenständiges Leben nicht zugetraut hätte, sondern weil man für die Nachbarn und zahlreichen Verwandten die richtigen Antworten bereithalten wollte.

„Ja, unser Sohn meldet sich zweimal die Woche. Er ist ein guter Mensch. Er ist sehr respektvoll gegenüber seinen Eltern und achtet unsere Wünsche und Ratschläge. Und ja, er schickt immer viel Geld, denn er ist ehrgeizig und leistet viel."

Dies alles lastete schwer auf ihm. Solche Dinge laut auszusprechen, war nicht einfach und kostete ihn viel Kraft. Er meinte, wir könnten es mit unserem kulturellen Hintergrund ohnehin nicht verstehen und womöglich noch schlecht über seine Eltern denken. Um den Kopf über Wasser halten zu können, verdrängte er alles bis zum nächsten Ansturm der WhatsApp-Nachrichten von zuhause. Später erfuhr ich, dass er sich anfangs ernsthaft überlegt hatte, einfach sein Smartphone, die Nabelschnur nach Afghanistan, wegzuwerfen und als Unbekannter in einer neuen Stadt von vorne zu beginnen. Daran erkennt man, wie stark sein innerer Druck war.

Aber nun war Faiaz bei uns und genoss es, bedingungslos angenommen zu werden. Bei uns suchte er Halt und Verbindlichkeit, eine Sicherheit in für ihn unsicheren Zeiten.

Seine Anhänglichkeit machte mich weich, und ich stellte fest, dass trotz aller Schwierigkeiten ein Teil unserer Bedürfnisse zusammen passte wie Topf und Deckel. Er zeigte sich überaus schutzbedürftig, was in mir einen Beschützerinstinkt auslöste. Ich wurde so intensiv gebraucht wie schon lange nicht mehr.

Die tiefe Befriedigung, die das in mir auslöste, fiel auch meiner Umwelt auf, allen voran unseren Kindern. Sie spürten, dass sich etwas Bleibendes in die Familie gedrängt hatte, in das von ihnen verlassene Nest. Natürlich mussten sie sich erst daran gewöhnen, dass es plötzlich noch jemanden gab, der „Mama" zu mir sagte.

Meine ebenfalls schutzbedürftige Tochter litt am meisten. Sie war Mutter eines Kleinkindes und bald eines weiteren Babys und hatte gehofft, damit sei unser Leben genug ausgefüllt. Wir halfen ihr in diesen stressigen Zeiten und kümmerten uns regelmäßig einmal die Woche um unsere Enkelkinder in der Stadt, um sie zu entlasten. Dort genossen wir die Zeit mit den Kleinen. Wir lernten, dass sie uns als Ersatz für die Mutter zwar akzeptierten, aber natürlich blieb Mama die Größte. Deshalb waren wir oft sehr froh, wenn sie kam, weil die Kinder sie schon sehr vermissten.

Gleichzeitig bereicherten die neuen Erfahrungen mit unserem zentralasiatischen Kuckuckskind unser Leben und erweiterten unseren Horizont in unerwarteter Weise. Zu diesem Zeitpunkt sehnte uns Faiaz genauso herbei, wie unsere Enkel ihre Mutter. Bei ihm waren wir allerdings an erster Stelle, und das war natürlich auch ein schönes Gefühl.

Posttraumatische Belastungsstörung

Bei uns zu Hause war wieder Leben eingekehrt. Faiaz wollte immer *Action*, unter Menschen sein, je lauter, geselliger und abwechslungsreicher, desto besser. Selbstgenügsamkeit kannte und ertrug er nicht, insbesondere nicht am Abend, wenn die Dunkelheit die Schimären der Vergangenheit voller Unnachsichtigkeit ans Licht zerrte. Es war ihm immer zu finster bei uns und auch zu still.

„Ist ja wie Afghanistan! Keine Musik, keine Vergnügen, Tyrannerei!" schimpfte er vor sich hin, bevor er sich einmal mehr die Decke über den Kopf zog. Dort war es gewiss noch dunkler als in unserem kuscheligen Wohnzimmer, aber das Smartphone leuchtete ihm den Weg in eine andere Welt, wo Verdrängung am ehesten möglich war und er sich über Guido Cantz und ‚Verstehen Sie Spaß?' amüsieren konnte.

„Da ist alles so sauber. Die Welt ist in Ordnung. Man darf sich sogar über die Polizisten lustig machen. Sie sind freundlich und schießen nicht", erklärte er mir.

Am liebsten hatte Faiaz es, wenn – zumindest im Hintergrund – Musik oder der Fernseher lief, am besten jedoch beides. Er schaute meist nicht einmal hin, weil er mit seinem Smartphone oder mal wieder mit langen Diskussionen mit mir beschäftigt war. Aber er brauchte Hintergrundgeräusche, um sich abzulenken. Sonst war die Atmosphäre für ihn zu *offiziell*, wie er es nannte, und ihm fehlten tatsächlich die Worte. Er baute sich damit vermutlich eine afghanische Hintergrundkulisse auf. Wie schön! Nur hatte ich andere Bedürfnisse.

Ich hatte das Gefühl, er wollte unser Leben umkrempeln, anstatt sich unserer Wohnsituation anzupassen. Doch er ertrug einfach die Stille nicht, die ich abends brauchte, um mich auf meine Dinge zu konzentrieren und so krachte es schließlich öfter. Faiaz verstand nicht, dass das Laute, Helle am Abend für mich genauso unerträglich war wie für ihn das Ruhige, Gedämpfte. Er wollte spüren, dass er am Leben war. Wir hingegen waren am meditativen Punkt unseres Lebens angekommen. Für meinen Mann stellte sich die Schwerhörigkeit hier ausnahmsweise als Glücksfall heraus. Es störte ihn nicht, wenn Musik lief, da er ohnehin meistens die Kopfhörer aufhatte, um Sport zu schauen. Ansonsten überhörten seine schwerhörigen Ohren die Musik gnädig.

Wir trafen uns schließlich in der Mitte: etwas mehr Musik und etwas heller. Abends gingen wir öfter aus und nahmen ihn mit, damit er sich nicht wie auf dem „Friedhof" fühlte. Abgesehen von den häuslichen Querelen war er nach wie vor eine Bereicherung für unser Leben und wir eine für seines. Mit uns an seiner Seite empfand er sich als vollwertigen Menschen, den man achtete und ins Gespräch mit einbezog. War er allein unterwegs oder mit den Jungs aus dem Flüchtlingsheim, so fühlte er sich wieder als Flüchtling, überflüssig und als Last für das Land, woraus Politik und Medien nach den kurzen „Willkommensrufen" am Anfang keinen Hehl mehr machten.

Frau Merkels folgenschwerer Satz „Wir schaffen das!" vom 31. August 2015 wurde schnell als Bonmot lächerlich gemacht. Er wird in die Geschichtsbücher eingehen, unter anderem auch deshalb, weil er zu einer Spaltung in der Gesellschaft beigetragen hat. Die wenigsten erkannten, dass die Kanzlerin schon aus humanitären Gründen keine andere Wahl gehabt hatte, als die Grenze nach Österreich zu öffnen. Doch nun war immer häufiger die Rede von Abschiebeflügen, was die Stimmung durch die dadurch genährte Angst nicht verbesserte.

Mir war völlig klar, dass das Leben mit *uns* für Faiaz ein viel größerer Quantensprung war als das, was wir als neu und andersartig an ihm empfanden. Alles war fremd für ihn. Das Benehmen, das Essen, der Umgang miteinander, die Art zu diskutieren, die Rolle der Frau und sogar unsere Unternehmungen. Da waren z. B. unsere Wochenend-spaziergänge durch den Wald. Faiaz wollte nicht allein zu Hause bleiben, also begleitete er uns lieber.

Aber es dauerte eine Weile, bis wir verstanden hatten, dass er überhaupt nicht gerne durch den Wald lief. Seine Begründung war anfangs: „Da werden die Schuhe ganz schmutzig!" Das nahm ich zunächst nicht ernst. Später jedoch kam die Erklärung dazu, dass ihm die Dunkelheit im Wald Angst machte, dass er stattdessen die Helligkeit und die Menschen suchte. Das Trauma der Flucht durch die iranischen Berge und Wälder warf noch seine Schatten auf ihn. Aber *so* weit brauchte man gar nicht zu denken. Kein Mensch würde in Afghanistan auf die Wahnsinnsidee kommen, durch die Wälder zu laufen. Man würde sich damit großen Gefahren aussetzen, schon deshalb, weil fast alle Provinzen von Landminen verseucht sind. Wir versuchten ihm die Angst zu nehmen, indem wir fortan meist andere Freizeitvergnügungen auswählten. Nur zu gern begleitete er uns immer wieder, weil er die Einsamkeit hasste und an unserer Seite Neues kennenlernen wollte. Dieses Neue saugte er auf wie ein Schwamm, selbst wenn es ihm nicht immer bekam.

Ansonsten ging das Leben weiter wie bisher. Er half uns beim Renovieren, anfangs auch bei der Betreuung unseres Enkels, und er versorgte zuverlässig in unserem Urlaub die Katze und die Blumen. Ich versuchte, ihn für die Mitarbeit in unserem kleinen Garten zu begeistern. Aber bereits nach dem ersten Mal machte er mir klar, dass eine gebildete Person in

Afghanistan niemals solche handwerklichen Arbeiten verrichtete, dafür holte man sich einen Helfer aus der Nachbarschaft, den man dafür entsprechend bezahlte.

„Wenn *das* meine Eltern wüssten", scherzte er, „dann würden sie sagen: ‚Komm sofort zurück nach Afghanistan!'"

Ab und zu mähte er dennoch die Wiese, aber nachdem der erste Rasenmäher kaputt gegangen war, sahen wir von derartigen Aufträgen lieber ab. Auch waren solche Erwartungen unsererseits ein Wagnis, das seine Stimmung schnell zum Kippen bringen konnte. So versuchte ich, möglichst wenige Aufträge zu erteilen und auch schwierige Themen nur an guten Tagen anzupacken, wenn Faiaz fröhlich und gesprächsbereit war. Denn leider machte ich oft die Erfahrung, dass selbst gut beginnende Gespräche leicht kippten, sobald es persönlich wurde. Ich stand immer unter dem Druck, keine schlechte Laune aufkommen zu lassen, damit unser Kleiner am nächsten Tag nicht etwa einen stressbedingten Schulstreik einlegte.

In dieser ersten Zeit ging er an guten Tagen zum Sprachkurs, an schlechten blieb er einfach zuhause und schlief oft bis zum Mittagessen. Allein das Aufwecken war schwierig, da alles traumatisch hinterlegt war. Klopfte ich an seiner Tür und öffnete dann, fand ich manchmal einen völlig verstörten jungen Mann, der nach Fassung rang, weil er sich mal wieder auf der Flucht wähnte und in mir seinen Peiniger sah. Oft schlief er danach wieder ein. Später fragte er zerknirscht:

"Warum hast du mich denn nicht geweckt? Die Träume waren so furchtbar."

Er erinnerte sich dann nicht mehr daran, dass ich schon einmal bei ihm gewesen war. Oft war es ein Sprengstoffattentat, von dem er dann geträumt hatte. Einmal sah er den Bruder ohne Beine, ein andermal nur die *eine* Schwester, die todtraurig zu Boden blickte, als er nach der anderen Schwester fragte. Es waren die täglichen Sorgen um die Familie, die ihn herunterzogen. Er versuchte immer wieder, seine afghanische Familie soweit es ging zu verdrängen, also möglichst selten anzurufen, sonst hätte er selbst zum Lernen keine Kraft mehr gehabt. Dafür erschienen ihm Eltern und Geschwister dann nachts in seinen Grübeleien und Träumen, weil natürlich genau das besonders ins Bewusstsein drängt, was man am meisten unterdrückt

Es dauerte eine Weile, bis ich merkte, dass er unter einer Art Schlafparalyse litt. Er lag dabei in halbwachem Zustand im Bett, der Albtraum war noch präsent. Aber er konnte sich nicht bewegen, um dem selbstproduzierten Terror zu entfliehen. Trat ich in diesem Moment ein, wurde ich mit zum Akteur seines Traums und er starrte mich mit vor Schreck geweiteten Augen an. Er konnte sich aus diesen Träumen nur schwer befreien. So schlimm sie waren, er war gezwungen, darin zu verharren, musste erfahren, wie sie weitergingen. An den Tagen, wo er morgens liegen blieb, versuchte ich, ihn auf die verschiedensten Arten zu wecken. Darum hatte er mich unbedingt gebeten, da die Träume in den Morgenstunden am schlimmsten waren. Dennoch dauerte es oft Stunden, bis er es aus seinem von schweren Nächten zerknautschten Bett herausschaffte.

Ich versuchte es auch mit leisen, freundlichen Worten. Doch das half meist nicht. Ließ ich ihn liegen, solange er wollte, war es ihm auch nicht recht. Dann befürchtete er, ich sei enttäuscht, weil er wieder liegen geblieben war und traute sich schon deshalb nicht heraus. Es war eine Crux.

Mit Musik – so dachte ich anfangs – müsste es am besten gehen, da er sie tagsüber liebte. Genau das wollte er jedoch auf keinen Fall, weil sich die jeweilige Musik dann in den Traum integrieren und beim erneuten Hören zu einem Flashback in besagte Albträume führen konnte. Dies alles waren Symptome einer posttraumatischen Belastungsstörung. Spätestens nach dem ersten psychologischen Gutachten, das der Anwalt fürs Gericht erbeten hatte, stand fest, dass er dringend Hilfe benötigte. Jedoch konnte ihn keine seiner Therapeutinnen, die er im Laufe der nächsten Jahre aufsuchen sollte, von seinen Albträumen befreien. Ich hatte des Öfteren das Gefühl, er wickelte sie bloß um den Finger und zeigte ihnen als stolzer Afghane nur den glänzenden Teil seiner Persönlichkeit, den Teil, der keine Probleme hatte. Denn oft kam er fröhlich nach Hause, weil er viel Lob darüber bekommen hatte, wie prima er sein Leben trotz all der Schwierigkeiten meisterte. An den ständigen Stimmungsschwankungen, der Motivationslosigkeit und vor allem den schweren Albträumen änderte das allerdings nichts. Es half nur, vorübergehend sein Ego etwas aufzubauen.

Was seine Launen betraf, gab es Tage, an denen Faiaz völlig überdreht war, plötzlich laut sang oder in unseren Augen verrückte Dinge tat. Gerne spielte er mit anderen jungen Menschen eine Art „Verstehen Sie Spaß?" auf der Straße, was ihm aber kein besonders gutes Feedback einbrachte. Wer lässt sich schon gerne an der Nase herumführen?

Später erkannte ich, dass es ihm ebenso schwerfiel, seine überschießende Freude zu kontrollieren wie die Phasen von depressiver Stimmung. Ich hielt seine pubertären Spielchen für kleine Verdrängungsmechanismen an Tagen, wo unangenehme Gedanken oder Erinnerungsfetzen nach oben drangen. Er schien zu versuchen, die Gespenster in seinem Kopf zu übertönen, ähnlich dem Kind, das in den dunklen Keller gehen soll und mit lautem „la-la-la-la-la-la-la" die Angst zu beschwichtigen bemüht ist. Tage wie diese waren auch für mich sehr anstrengend. Oft rutschte auch meine Stimmung in den Keller. Er jedoch trällerte dann immer wieder sein „Positiv sehen! Nicht negativ!" Und ich spürte, dass das nicht der Wahrheit entsprach, die er immer wieder vor sich selbst und anderen auszusperren versuchte.

Er wollte so gerne hoffnungsfroh sein, weil *das* eigentlich seinem wirklichen Wesen entsprach, aber die Umstände zogen ihn immer wieder in eine seelische Schieflage. Ich machte am Anfang den Fehler, ihn in derartigen Situationen zu fragen, wie es ihm gehe.

„Gut geht es, wunderbar!" kam die Antwort, die er übertrieben lustig hinausprustete, aber ich spürte, dass dem ganz und gar nicht so war und biss mir innerlich selbst auf die Lippen, dass ich die Frage überhaupt gestellt hatte. Auch ich fühlte mich dann schlecht, denn ich spürte, dass er Hilfe brauchte, kam aber nicht mehr an ihn heran.

Manchmal schaffte ich es, mitzulachen. Das waren die besten Momente. Sah er aber, dass mich die überdrehte Stimmung oder seine Sprachlosigkeit traurig gemacht hatten, dann musste er aus einem inneren Drang heraus meist sehr schnell weggehen, einfach hinaus auf die Straße. Dann fuhr er in die nächste Stadt oder mit dem Fahrrad durchs Feld, zu seinen Jungs im Flüchtlingsheim, nur weg von der Person, die mit Blicken und Fragen darauf hinwies, dass sie das neurotische Verhalten wahrnahm und auch sehr befremdlich fand. In solchen Momenten war sein Gefühl der Einsamkeit so stark, dass es mich wie in einem Strudel mit hinunterriss.

Auch bei kritischen Anmerkungen meinerseits versuchte Faiaz oft, sich durch übertriebene Fröhlichkeit davon zu distanzieren und von der Frage abzulenken. Ich fühlte mich dann oft nicht ernst genommen und reagierte ärgerlich. Oft sagte er nach solchen Auseinandersetzungen:

„Keiner will die Hand beißen, die ihn füttert. Keiner will den Engel an seiner Seite verletzen. Es ist keine Absicht, wenn ich Fehler mache. Ich habe nur selbst Tausend Probleme und verstehe nicht, warum ihr verletzt seid. Ihr habt Euer gutes Leben und alle Freiheiten. Ihr habt alles: ein Haus, ein Auto, gesunde, ehrgeizige Kinder, die wiederum alles haben. Und ihr habt sogar Enkelkinder, die ich beneide, weil ich selbst nie so beschützt aufwachsen konnte. Alles ist gut bei euch. Selbst wenn ihr es nicht einfach mit dem kleinen Faiaz habt, so ist es doch nur ein klitzekleines Problem. Nur so viel wie das Schwarze unterm Nagel."

Das fühlte sich für mich oft anders an. Ich hoffte eher, dass sich daraus keine mächtige Nagelbettentzündung entwickeln würde.

Faiaz zeigte bisweilen, dass ihm durchaus bewusst war, wie schwer auch wir es mit ihm hatten. Als er einmal sehr spät nachhause kam, fragte er scherzhaft:

"Hast Du schon bei der Polizei nachgefragt? Und hast Du gesagt: ‚Ich habe einen Flüchtling verloren, aber nicht vermisst. Können Sie gucken, ob er wieder kommt, oder ob ich jetzt meine Ruhe habe? Wenn Sie ihn finden, bitte unversehrt zurückbringen.'"

Mit seinem Humor nahm er mir oft den Wind aus den Segeln. Ich konnte ihm dann nicht böse sein. Es fühlte sich mit ihm an, wie mit pubertären Kindern. Dinge tun zu wollen, die noch nicht gehen oder die man besser lässt, aber noch nicht alleine laufen können. Und immer wieder die unerträgliche Ohnmacht darüber, mit allem wieder von vorne anfangen zu müssen. Immerhin hatte er trotz all der Turbulenzen seinen B1-Sprachkurs beim Internationalen Bund erfolgreich abgeschlossen. Darauf waren wir beide sehr stolz.

Auf der Suche nach einer Freundin

Als Faiaz zu uns gekommen war, hatte er Nestwärme, Geborgenheit, Unterstützung in Bezug auf seine berufliche Zukunft – und eine Freundin gesucht. Doch erwies sich das letztere als nicht so einfach. Die westliche Art zu flirten, war eine ganz andere als die in Afghanistan. Dort ist das eigentlich gar nicht erlaubt. Es wird sogar schwer sanktioniert, wenn herausgefunden wird, dass ein Paar sich heimlich trifft.

Die Liebesheirat gibt es so gut wie gar nicht, wenngleich der Wunsch danach durch den Zugang zu Internet und Bollywood Filmen natürlich auch in Ländern wie Afghanistan geweckt wurde. Man vergisst schnell, dass es diese Form der Beziehung selbst bei uns erst seit gut einhundert Jahren gibt. Und oft hatte sich die frühere Art der Partnervermittlung durch wohlwollende erfahrene Eltern ja durchaus auch bewährt. In Afghanistan fand eine Eheanbahnung also meist durch eine Initiative der weiblichen Verwandten statt. Mutter, Schwester oder Tante besuchten die Familie der in Frage kommenden künftigen Schwiegertochter, um nach eingehenden Gesprächen eine mögliche Ehe zu vermitteln. Dies war lange Zeit insofern sinnvoll, als dass die Ehefrau künftig im Hause der Schwiegereltern lebte, davon die meiste Zeit sogar hautnah neben der Schwiegermutter in der Küche. Wenn man bedenkt, wieviel Zeit die beiden miteinander verbrachten, war es nur zu verständlich, dass man darauf achtete, dass die Chemie zwischen ihnen auch wirklich stimmte.

Die junge Generation und damit auch Faiaz hatte in Afghanistan in den letzten Jahren aber doch immer wieder Mittel und Wege gefunden, sich über diese starren Regeln ihrer

Vorfahren hinwegzusetzen. Dennoch war das Suchen und Finden einer Partnerin dort völlig anders als hier.

Faiaz versuchte also übers Internet und lange Gespräche mit uns und unseren Söhnen herauszufinden, wie die Partnersuche auf westliche Art funktionierte. Er hatte dabei sehr klare Vorstellungen: Seine Freundin sollte möglichst eine Deutsche sein, zumindest jedoch eine Europäerin, eine Frau mit Bildung und Verständnis, dazu möglichst blond und helläugig. „Dunkel bin ich selbst", kommentierte er das einmal.

Er sagte anfangs oft: „Du musst mir eine Freundin suchen! Alleine ist es schwierig." Bis ich mich in die kulturellen Unterschiede eingearbeitet hatte, hielt ich das für einen schlechten Scherz und antwortete ihm: „Willkommen in Deutschland. Hier suchst du selbst." Später aber begriff ich, dass er einfach hoffte, ich würde ihm Kontakte zu jungen Menschen vermitteln, damit er über diese dann selbst in der Lage war zu suchen. Ich tat, was ich konnte, aber es war schwierig, da er zu diesem Zeitpunkt noch Hemmungen hatte, in einen Verein oder eine politische Gruppe einzutreten. Die Angst, Fehler zu machen, war so groß, dass er vor lauter Nachdenken, welches Verhalten richtig und welches falsch sein könnte, gar nicht dazu kam, es auszuprobieren. Eine mögliche Zurückweisung wäre für ihn zu diesem Zeitpunkt nur schwer zu ertragen gewesen.

Das klingt für westliche Ohren vielleicht sonderbar, ist aber vor dem Hintergrund seiner Kultur gut zu verstehen. Denn in Afghanistan galt als oberstes Gebot, bloß keine Fehler zu machen. Es gab einfach keine Erlaubnis zum Fehlermachen. So traute er sich schlicht nicht, seinen schillernden Kern zu präsentieren. Auch fehlten ihm die Themen.

Bald schon sah ich das Dilemma aller jungen Geflüchteten. Meist waren nur junge Männer, seltener Familien, aus

Afghanistan nach Deutschland gekommen. Das warfen Populisten ihnen oft sogar vor: Dass sie als kräftige junge Männer lieber in ihrem Land gegen den Feind hätten kämpfen und für ihre Familien sorgen sollen. Man verstand hier nicht, dass sie in Afghanistan nur Kanonenfutter gewesen wären, es sei denn, sie hätten sich von den Taliban kaufen lassen. Aber wer hätte *das* hier wirklich wünschen können? Dschihadisten gab es schließlich genug auf dieser Welt.

Dass so wenige Frauen zu uns gekommen waren, lag vor allem daran, dass für sie eine Flucht viel zu gefährlich gewesen wäre. Ich habe im Flüchtlingsheim so manche Frau kennen gelernt, davon viele aus Afrika, die allein losgezogen und mit einem Kind auf dem Arm hier angekommen waren. Unterwegs hatten sie – oft sogar mehrfach – Vergewaltigungen erlitten. Die libyschen Lager sind besonders bekannt dafür, dass sich die Aufseher an den Flüchtlingsfrauen vergriffen. Und einige Frauen erkauften sich so auch die teure Überfahrt.

Inzwischen gab es bei uns also einen großen Bedarf, aber nicht genug junge Frauen, die sich auf ein Abenteuer mit einem Geflüchteten einlassen wollten. Wer konnte es ihnen verdenken? Es ist schon schwer genug, wenn Mann und Frau zusammenleben. Treffen verschiedene Kulturen aufeinander, dann wird es nicht einfacher, besonders wenn noch das Trauma der Flucht hinzukommt.

Afghanische Frauen gab es natürlich auch. Doch die meisten, die hier lebten, waren mit ihren Eltern in früheren Jahren nach Deutschland gekommen oder von Anfang an hier aufgewachsen. Ich habe die Erfahrung gemacht, dass diese Frauen oft sehr ehrgeizig sind, einen gehobenen Bildungsgrad erworben haben und ebenfalls hohe Ansprüche an ihren künftigen Mann stellen: Er muss einen guten Beruf haben und in der Lage sein, eine teure Hochzeit zu finanzieren und zur

Hochzeit zudem reichlich Goldschmuck zu schenken. Da sind sie ihrer Tradition noch eng verbunden.

Faiaz aber war mittellos und außerdem der mit diesen Traditionen verbundenen Unfreiheit gerade entflohen. Er wollte hier keineswegs vom Regen in die Traufe kommen. Als Freidenker versuchte er, nach seinen eigenen Regeln zu leben und suchte in Deutschland kein zweites Afghanistan. Eine recht verfahrene Situation also.

So wurde Faiaz' Unzufriedenheit immer größer. Es erschien mir manchmal als Farce, wenn unsere Freunde bei den gemeinsamen Treffen meinten, wie gut er es mit uns getroffen habe und wie glücklich er darüber sein müsste. Im Vergleich zu den meisten anderen Geflüchteten war das sicher so. Und Faiaz erkannte das natürlich auch, aber dennoch war seine Frustration darüber groß, dass sein Leben an allen Fronten stagnierte.

Der kleine Prinz

An diesem Punkt hätte die Geschichte für uns alle enden können. Auf einen schönen Anfang mit viel Euphorie und dem guten Gefühl jemandem helfen zu können, wäre schließlich ein desillusionierendes Ende gefolgt, ein frustriertes Einknicken, weil alles doch viel komplizierter war, als wir es uns vorgestellt hatten. Was wussten wir anfangs schon über die Schwierigkeiten eines Geflüchteten aus dem zentralasiatischen Kulturkreis mit posttraumatischer Belastungsstörung?

Zu Zeiten, als es schwierig war, sagte Faiaz immer: „Wenn es nicht mehr geht, musst du es sagen, dann werde ich halt gehen."

Und vielleicht wäre es tatsächlich so gekommen, wäre da nicht die Geschichte des „Kleinen Prinzen" von Saint-Exupéry in meinem Kopf gewesen. Eine Stelle hallte in mir nach, seitdem ich sie das erste Mal gelesen hatte:

Der Fuchs sagt nämlich zum kleinen Prinzen: „Du bist zeitlebens für das verantwortlich, was du dir vertraut gemacht hast."

Es war mein Herz, das mich durchhalten ließ. Ich konnte Faiaz nicht im Stich lassen, weil auch ich ihn mir vertraut gemacht und für ihn Verantwortung übernommen hatte. Doch irgendwann wurde mir klar, dass er die Verantwortung für sich selbst übernehmen musste, und dass er das nicht tun würde, solange ich ihn an der Hand hielt.

Die Probleme, die wir mit ihm hatten, entstanden aber auch dadurch, dass Faiaz nicht die Gewissheit hatte, sicher in unserem Haus bleiben zu dürfen. Noch immer hatte er ein Bett im Flüchtlingsheim, was uns bei all den Schwierigkeiten zunächst auch wichtig erschien. Allerdings ging er immer mehr auf Abstand zu den anderen Geflüchteten, die es mit ziemlichem Argwohn betrachteten, dass er in so engem Kontakt mit den Deutschen stand. Sie vermuteten, dass er seinen afghanischen Traditionen und der Religion inzwischen abgeschworen hatte. Sie wussten schließlich nicht, dass er sich schon viel früher davon entfernt hatte.

Immer mehr distanzierte er sich auch emotional von den wenigen Verwandten, die in Deutschland lebten. Er musste erkennen, wie schwer es war, in zwei Welten gleichzeitig zu leben. Dies war eine echte Gradwanderung für ihn. Denn wenn der Kontakt zu uns abgebrochen wäre, hätte er inzwischen ganz allein dagestanden. Diese Sorge war allerdings unberechtigt.

Kapitel 3

Die Scheinheiligkeit des deutschen Asylrechts

Es war inzwischen klar, dass man sich als Geflüchteter gut auf die Fragen des Bundesamtes für Migration und Flüchtlinge (BAMF)[11] vorbereiten musste, denn immerhin hing für viele das Überleben davon ab. Auch hatte sich herumgesprochen, dass Afghanen meist abgelehnt wurden.

Zur Vorbereitung auf das Interview beim Bundesamt waren wir deshalb mit Faiaz bei der Flüchtlingsberatung der Diakonie gewesen. Dort hatte man ihm erklärt, wie wichtig die detaillierte Beschreibung seiner Flucht und vor allem der Gründe, die dazu geführt hatten, war. Da sein Deutsch noch in den Anfängen steckte, hatte er eine junge Afghanin als Übersetzerin zur Diakonie mitgebracht. Die Beraterin führte ein Probeinterview mit Faiaz, bei dem sie ihm kurze, prägnante Fragen stellte und ebensolche Antworten erwartete. Die persische Konversation zwischen ihm und der Dolmetscherin lief hingegen – wie in Afghanistan üblich – über viele umschreibende Sätze. Missmutig kritisierte die Beraterin das. So ginge es bei der Befragung beim BAMF schon mal nicht, meinte sie. Dieser Satz führte bei Faiaz zu einer erheblichen Verunsicherung. Er fühlte sich kritisiert und zudem respektlos behandelt. Die Verunsicherung, die hier entstanden war, sollte sich später leider auch ungünstig auf die tatsächliche Befragung auswirken. Er meinte nach der Beratung traurig:

„Nun komme ich mir vor wie in der Geschichte des kleinen Tausendfüßlers, der so lange wunderbar laufen konnte, bis man ihn fragte, wie genau er das machte. Danach kam er mit den Beinchen so durcheinander, dass er nicht mehr laufen konnte." Daran sollte ich später leider noch denken.

Es vergingen dann noch viele Wochen, bis Faiaz seine Vorladung zum BAMF erhielt. Nun kam endlich Bewegung in sein Leben.

An einem eiskalten Januarmorgen fuhren wir schließlich zur Außenstelle des Bundesamtes für Migration und Flüchtlinge. Zu dieser Zeit streikten gerade die öffentlichen Verkehrsbetriebe. Das Flüchtlingsamt der Gemeinde, in die Faiaz offiziell umgezogen war, kümmerte sich deshalb für alle Geflüchteten um einen Transport, damit sie auf keinen Fall diesen überaus wichtigen Termin verpassten. Da Faiaz noch dort angemeldet war, organisierten sie auch für ihn einen Fahrer, der uns freundlicherweise abholte. So stand dann ein sehr netter, älterer Herr mit einem umgebauten, gut beheizten ehemaligen Krankenwagen vom Roten Kreuz um sechs Uhr morgens vor unserer Tür, um uns zum BAMF zu bringen. Es war ein überaus komfortabler Transport. Außer uns durften zwei weitere Afghanen aus unserem Ort mitfahren: ein älterer herzkranker Mann und seine Frau.

Wir alle befanden uns in einer sehr ungewöhnlichen Stimmung, als wir vor Anbruch des Tages im Dunkeln durch die eiskalte Winterlandschaft fuhren. Fast wirkte es ein wenig surreal. Neben der freudigen Erregtheit, weil es nun endlich zu einer Entscheidung kommen würde, hing eine unangenehme, fast apokalyptische Erwartungsspannung in der Luft. Denn es war völlig unklar, wie das Verfahren ausgehen würde. Relativ sicher war inzwischen nur, dass Faiaz *nicht* nach Griechenland abgeschoben werden würde, wie es laut der Dublin-Verordnung vorgesehen war. Denn die humanitäre Katastrophe, die sich in den griechischen Flüchtlingslagern abspielte, machte eine Abschiebung dorthin unmöglich. Auch nach Italien und Ungarn gab es schon bald keine Rücküberstellungen[12] mehr. Dort fehlten Unterbringungsmöglichkeiten, und es gab den Verdacht auf Verstöße gegen das humanitäre Völkerrecht.

Immerhin durfte ich beim BAMF mit in den Befragungsraum hinein und war als seelischer Beistand an Faiaz' Seite. Man hatte es mir zwar verwehren wollen, aber ich ließ es nicht zu. Ich verwies auf meinen Antrag, den ich dem Amt eingereicht hatte und machte mit höflicher Bestimmtheit klar, dass mich der Geflüchtete unbedingt zu seiner seelischen Unterstützung brauchte. Und tatsächlich stand Faiaz' Anspannung fast greifbar im Raum.

„Sie dürfen sich aber nicht äußern!" erklärte man mir streng, und ich versprach es.

Die Anwältin stellte nun ihre Fragen. Diese wurden von einer Iranerin übersetzt, und Faiaz begann mit seinen Ausführungen. Seine Antworten, die detailliert, aber prägnant ausfallen sollten, wurden wegen der Übersetzung nach jedem Satz unterbrochen, sodass er immer wieder aus seinem Redefluss herauskam. Ich spürte, dass er sehr aufpassen musste, dass er seinen Faden nicht verlor. Dazu kam, dass man ihm nie erlaubte, das Gesagte näher zu beschreiben. Denn schon kam die nächste Frage. Es war wie ein Verhör unter erschwerten Bedingungen.

Als ich zwischendurch bemerkte, dass er ein wesentliches Element seiner Fluchtgeschichte ausgelassen und die Klarheit darunter gelitten hatte, zeichnete ich auf das vor uns liegende Blatt Papier ein Bild seines Wohngebietes, um ihn daran zu erinnern, dass er erklären musste, dass sich der Stützpunkt der Taliban in direkter Nachbarschaft zu seinem Elternhaus befand, sie ihn also gut kannten und besonders im Visier hatten. Es war die Übersetzerin, nicht etwa die Anwältin, die mich daraufhin an meine Pflicht zu schweigen erinnerte. Aber die Anwältin übernahm das Ruder wieder und erlaubte mir, dass ich zum Schluss Ergänzungen vortragen durfte.

Nach zweieinhalb harten Stunden hatte die Tortur ein Ende. Alles wurde noch einmal auf Farsi verlesen und auf seine Richtigkeit hin überprüft, aber die Luft war komplett heraus. Faiaz bestätigte erschöpft die Richtigkeit seiner Angaben und wollte keine Änderung mehr. Hinterher sagte er mir, die Übersetzung sei nicht gut gewesen, aber er hatte einfach keine Kraft mehr gehabt, dem zu widersprechen. Er wollte der Dolmetscherin gegenüber auch nicht unhöflich sein. Später erfuhr ich, dass er auch mich nicht hatte enttäuschen wollen, indem er einen Fehler machte.

Und vor einer deutschen Behörde zu erscheinen, war für sich allein schon überaus aufregend. Er hatte vorher keine Vorstellung davon gehabt, was ihn erwarten würde, ob gar Waffen im Spiel wären oder direkt nach der Anhörung ein Aufenthalt im Gefängnis drohte. Mit afghanischen Behörden hatte er zuvor nur schlechte Erfahrungen gemacht. Sie waren sehr streng und unberechenbar, und selbst sein Chef im Innenministerium konnte sich ihm gegenüber benehmen, wie immer er wollte, ihn klein halten und sogar beleidigen. Seine Macht war grenzenlos und Faiaz als Untergebener unbedeutend.

Die Anwältin, die das Interview geführt hatte, war hingegen sehr respektvoll und schien sichtlich bewegt. Ich hatte den Eindruck, dass *sie* Faiaz die Fluchtgründe wirklich abnahm und seinen Asylantrag positiv beschieden hätte. Sie gab aber zu bedenken, dass es dennoch zur Ablehnung kommen könnte, da nicht sie die Entscheiderin war, sondern nur die Interviewerin. Die entscheidende Person würde Faiaz nicht persönlich kennen lernen und könnte von daher vielleicht anderer Meinung sein.

Für den Fall einer Ablehnung gab sie den dringenden Rat, vorm Verwaltungsgericht zu klagen. Faiaz' Ausweis aus dem Innenministerium behielt sie ein, ebenso das amtlich besiegelte Dekret mit dem Todesurteil der Taliban im Original. Ich sorgte dafür, dass wir jeweils eine Kopie bekamen, die Originale erhielt Faiaz nie zurück. Mehrmals hörte ich später von Fällen, wo im Nachhinein die Identität des Betroffenen angezweifelt wurde, weil die Ausweispapiere schließlich auf dem Behördenweg zwischen dem Ausländeramt und dem BAMF verschwunden waren.

Nun war es also vollbracht, aber unsere zunächst überschäumende Freude darüber hielt nicht lange an. Lähmende Monate lang schauten wir täglich voller Angst in den Briefkasten, ob eine Antwort eingetroffen war. Bald schlug die anfängliche Euphorie in tiefe Resignation um.

Die Kameraden im Flüchtlingsheim waren ein paar Wochen früher zu ihren Interviews beim BAMF geladen worden. Nun hagelte es fortlaufend Ablehnungen ihrer Asylanträge, die wie kleine Bomben in unser Leben einschlugen. Faiaz wurde oft als Übersetzer um Hilfe gebeten und benötigte mich als Beraterin. Dadurch bekamen wir auch die näheren Fluchtumstände der anderen mit. Kaum einer hatte solch asylrechtlich relevante Gründe wie Faiaz vorgetragen. Viele waren nach verwandtschaftlichen Auseinandersetzungen geflüchtet und gaben an, Angst gehabt zu haben, wegen dieser privaten Zerwürfnisse von einem nahen oder entfernteren Verwandten getötet zu werden. In einem Land, wo seit vierzig Jahren Bürgerkrieg herrschte, fackelte man nicht lange, wenn es Ärger gab, zumal die Polizei unzuverlässig war und man selten Sanktionen zu befürchten hatte. Es lagen bei den Geflüchteten also oft Gründe vor, die menschlich verständlich, aber asylrechtlich nicht von Bedeutung waren. Manchmal schienen sie mir auch vorgeschoben. Der wahre Grund lag dann unter Umständen in den fehlenden Zukunftschancen und der wirtschaftlichen Armut im Heimatland. Viele waren zudem Analphabeten aus bäuerlichen Familien, denen die Taliban zum Teil das Ackerland abgenommen hatten, um darauf Mohn anzubauen. So finanzierten diese ihre Waffenkäufe.

Es liegt mir fern, diese Fluchtgründe zu verurteilen. Wirtschaftliche Not war Anfang des 20. Jahrhunderts schon für meine eigenen Vorfahren ein Grund gewesen, nach Amerika auszuwandern. Drei meiner Großonkel sind für immer nach Argentinien gegangen, weil der Acker meines Urgroßvaters zu klein war, um sie alle satt zu machen. Sie bekamen dort Land zugeteilt, mussten sich auf eigene Faust durchschlagen und hart für ihr Überleben arbeiten. Wie gerne würde ein Großteil unserer Geflüchteten das genauso tun. Aber nach der ewigen Wartezeit bis zu einem Entscheid über das Bleiberecht vergeht so manchem Asylbewerber die Arbeitslust und er beginnt sich im Harz IV-Land einzurichten.

Schon bald war zudem klar, dass sich die ehemals hohe Bleibewahrscheinlichkeit der Afghanen zum Nachteil der neu Angekommenen stark verringert hatte. Vor 2015 lag die Chance zu bleiben bei ca. 60 %, nun war sie auf unter 50 % gesunken. Damit verloren sie das Recht auf Zugang zu Sprach- und Integrationskursen. Auch in der Folgezeit sollten wir niemanden aus Hessen kennenlernen, der einen positiven Bescheid bekommen hatte.

Das Warten wurde für Faiaz immer unerträglicher. Die anderen Geflüchteten gingen inzwischen voller Neid davon aus, dass er durch uns – also seine – Pateneltern und unsere vermeintlichen Beziehungen zu den deutschen Behörden besondere Vergünstigungen und damit ein Asylrecht bekommen würde oder schon erhalten hätte. Aber das war natürlich Unsinn.

Schließlich kam der alles entscheidende Tag X. Der so gefürchtete gelbe Brief vom BAMF mit der Entscheidung über Faiaz' Asylantrag lag im Briefkasten. Ich sollte ihn öffnen, denn unserem Patensohn fehlte der Mut dazu. Es fühlte sich für mich an wie in der Schulzeit, wenn man eine Klassenarbeit zurückbekommen hatte und das Heft mit der Note erst mal eine Weile vor sich liegen ließ, bis man sich traute, hineinzuschauen. Diesmal war es keine Note, sondern eher eine Entscheidung über Leben und Tod. –Und es war eine verdammte Ablehnung!

Zunächst hatte ich das Gefühl, Faiaz stehe darüber oder hatte sie sogar erwartet. Er lachte viel und ich dachte, bald kommt der große Zusammenbruch. Aber erstaunlicherweise ertrug er diese Niederlage mit relativer Fassung. Da eine freiwillige Ausreise auf keinen Fall in Frage kam, weil das den sicheren Tod bedeutet hätte, suchten wir einen Rechtsanwalt, um Klage gegen die Ablehnung des Asylantrages einzulegen. Der Anwalt hörte sich alles geduldig an, konnte aber nicht versprechen, dass das Gericht zu Faiaz' Gunsten entscheiden würde. Er empfahl ihm dringend, eine Ausbildung zu beginnen, um seine Bleibechancen zu erhöhen. In diesem Moment merkte ich, wie Faiaz alle Felle davon zu schwimmen drohten. Er hatte unbedingt studieren wollen. Aber das war unter den gegebenen Umständen zumindest vorerst keinesfalls sinnvoll. Er beschwerte sich nach diesem Termin frustriert über den Anwalt, weil der nicht hatte versprechen können, dass seine Klage gegen die Bundesrepublik Deutschland positiv ausginge.

„Wozu das viele Geld für den Herrn bei solch einem Rat?" fragte er. Und ich war wieder einmal enttäuscht, dass er nicht erkannte, wie sich alle bemühten, es aber nicht so einfach war, wie er dachte. Denn es schien, als sei es politisch nicht gewollt, dass so viele Geflüchtete blieben.

Nun ging es also um eine Ausbildung. Dafür war es wichtig, dass Faiaz seine Deutschkenntnisse wesentlich verbesserte. Aber noch hatte er keine Berechtigung zum offiziellen Sprachunterricht.

Die Afghanen, die weniger zielstrebig waren und keine Hilfe von Deutschen einforderten, blieben an dieser Stelle meist auf der Strecke. Viele verkrochen sich in ihre Unterkünfte und hofften auf bessere Zeiten. Und das oft für Jahre – hierin liegt einer der größten Strickfehler in unserem derzeitigen Asylsystem.

Zum Glück hatten wir für Faiaz doch noch eine Möglichkeit neben den für ihn nicht zugänglichen Integrationskursen gefunden. Nachdem er wegen der guten Unterstützung durch den Internationalen Bund sein Deutsch auf das Niveau B 1 hatte bringen können, fand ich etwas Neues heraus: Für Geflüchtete mit einer anerkannten Hochschulzugangsberechtigung gab es bei verschiedenen Universitäten und Fachhochschulen ein Willkommensjahr mit der Möglichkeit, die Sprache weiter auf das für ein Studium erforderliche Niveau anzuheben. Dafür musste man sich in einer bestimmten Fakultät einschreiben und gleichzeitig ein Vorsemester in einem Studienfach belegen.

Nach dem Einstufungstest wurden die Probanden in der Hochschule gefragt, was sie denn studieren wollten. Faiaz trug sich für soziale Arbeit ein. Doch wurde das für das Willkommensjahr gar nicht angeboten, sondern nur Architektur, Maschinenbau und Informatik. Ich hatte es in der ersten Freude überlesen. Meinen Fehler erkennend, rief ich umgehend in der Hochschule an und sagte, Faiaz sei in der Studienwahl flexibel und könnte sich auch gut vorstellen,

Architektur zu studieren. Dabei pokerte ich hoch, denn der liebe Faiaz war gerade nicht zuhause und auch per Handy nicht erreichbar. Ich wusste, dass Mathematik nicht sein Ding war. Deshalb erschien mir Architektur bei dieser eingeschränkten Auswahl am besten. Abends erklärte ich Faiaz dann, wofür ich ihn kurzerhand angemeldet hatte.

„Keine Problem!" meinte er. „Architektur? O.k. Was ist das?"

Später wird er mich bestimmt so manches Mal verflucht haben. Architektur war nämlich auch nicht sein Ding. Nach dem Besuch des Fuldaer Doms, quälte er sich lange mit einer Arbeit über die Architektur dieses Bauwerkes. Viel lieber hätte er einen Bericht geschrieben über die Unterschiede des Verhaltens deutscher Studenten im Vergleich zu ausländischen. In den Sozialwissenschaften hätte er sich mit Sicherheit mehr zu Hause gefühlt. Aber dafür wurden leider keine Sprachkurse angeboten.

Um die Zusage für das Vorsemester in Architektur zu erhalten, hatten wir zuvor seinen Bachelorabschluss der Universität in Mazar-eSharif vom Informationssystem zur Anerkennung ausländischer Abschlüsse in Berlin[13] überprüfen lassen.

Dies war erfolgreich gewesen und ein weiterer Lichtblick. Seine afghanische Hochschule war in Deutschland akkreditiert. Deshalb erhielt Faiaz die volle Anerkennung seiner Abschlüsse, sogar mit der Möglichkeit in Deutschland ein Masterstudium beginnen zu können. Aber vorerst ging es erst einmal um die sogenannte Verfestigung in Deutschland, die man über eine Ausbildung besser erreichen konnte. Denn inzwischen wussten wir, dass ein Studium nicht vor einer Abschiebung schützen konnte, wohl aber eine Ausbildung. Das rechtliche Konstrukt hieß *Ausbildungsduldung* und gab im Falle eines negativen

Klageausgangs die Sicherheit, während der Zeit der Ausbildung sowie in den folgenden zwei Jahren in Deutschland bleiben zu dürfen. Es sicherte zudem den Arbeitgeber ab, der dadurch nicht Gefahr lief, seinen Auszubildenden durch eine potenzielle Abschiebung zu verlieren. Da Deutschland Arbeitskräfte sucht und integrierwilligen Geflüchteten entgegenkommen möchte, gibt es diese gesetzliche Regelung im Aufenthaltsgesetz.

Faiaz gab es die Möglichkeit, Zeit zu gewinnen, wenn es hart auf hart käme. Und wir hatten gleich zwei Fliegen mit einer Klappe geschlagen: Sein Deutsch würde sich weiter verbessern, und er hatte eine Beschäftigungstherapie, die ihn von seinen trüben Gedanken ablenkte. In der Zeit, bevor er mit seinem Studienjahr bei der Hochschule anfangen konnte, hatte er erfreulicherweise noch die Möglichkeit, in den Arbeitsalltag von zwei deutschen Verwaltungen hineinzuschnuppern. Zumindest die eine davon war allerdings eher ungewöhnlich.

Und es geht immer mehr, als du denkst

Durch sein gewinnendes Wesen machte er immer wieder gute Erfahrungen mit Menschen und Institutionen. Leider vergaß er das in seinen dunklen Momenten oft.

Vor den Bundestagswahlen im Jahr 2017 hatte ich für Faiaz bei den großen Parteien wegen eines Praktikums nachgefragt, denn unser Patensohn kannte ja Behördenarbeit von Afghanistan. Die CDU sagte zu. Nach einem kurzen Vorstellungsgespräch entschied man, dass er für zwei Wochen dort arbeiten durfte. Es lief auch alles gut, womit er seine Feuerprobe in einer deutschen Verwaltung bestanden hatte. An seinem letzten Tag im Büro bedankte sich der Chef bei ihm, worauf Faiaz antwortete:

„Ja, und ich bin froh, dass ich nichts kaputt gemacht habe."

Als er das meinem Mann erzählte, fragte der: „Auch nicht die Kaffeemaschine?"

Darauf Faiaz: "Nein, nein, die haben *mir* doch immer Kaffee gemacht. Am Anfang haben sie mir die Maschine erklärt und gesagt: ‚Damit können Sie nun immer Kaffee kochen.'

Ich antwortete damals: ‚Ja, später.' Dazu kam es aber nie. Ich saß nämlich beim Chef. Und der fragte *mich* immer, ob ich auch einen Kaffee haben wollte, wenn er sich gerade einen machte."

Faiaz schaffte es doch immer wieder, die anderen für sich arbeiten zu lassen – und uns zum Lachen zu bringen.

„Wenn ich groß bin, halte ich mir auch einen Flüchtling", sagte Faiaz manchmal, wenn ich mich mal wieder über einen Ausspruch oder eine mir fremde Reaktion freute.

Schön für mich war, dass ich auch immer wieder an neuen Lernerfahrungen teilhaben durfte. Unser Geflüchteter brachte immerzu neue Lebensthemen ins Haus. Und ich war dankbar, dass auch meine Lernkurve sehr steil verlief.

An einem schönen Sommertag hatten wir gemeinsam einen Ausflug nach Wiesbaden gemacht. Die Stadt war erfüllt von Partystimmung. Überall gab es Essensstände, und auf einem großen Platz hatten sich Menschen versammelt, die gemeinsam bekannte Lieder sangen und das Leben feierten. Wenn ich zurückdenke, war das einer der glücklichsten Tage, die wir mit Faiaz erleben durften. Das lag unter anderem an der folgenden Begebenheit:

Während unseres Stadtspaziergangs kamen wir am Hessischen Landtag vorbei. Unser Schützling war begeistert von dem alten Gebäude und wollte es gerne auch von innen betrachten.

Wir hatten Samstag, und so sah ich kaum eine Möglichkeit dazu. Aber am Eingang stand ein junger Mann im Anzug, den wir fragten, ob wir einmal einen Blick in den Landtag werfen dürften. Er antwortete, es gäbe gleich eine Führung mit einer angemeldeten Gruppe, er müsse seine Chefin dazu fragen. Sie erschien schon bald und erklärte, der Landtag stünde kurz vor der renovierungsbedingten Schließung. Ihr Mitarbeiter machte gerade jetzt die letzte Führung. Wir baten sie, mitgehen zu dürfen, aber stattdessen erklärte sie sich überraschenderweise bereit, uns eine Privatführung anzubieten. Zwei weitere Passanten hatten sich ebenfalls auf der Treppe eingefunden und durften auch mit hinein. Wir folgten ihr also voller Freude und genossen die Führung durch das Stadtschloss Herzog Wilhelms. Zum Schluss durften wir sogar in den Plenarsaal des Hessischen Landtages hinein, wo wir alle mal kurz am Rednerpult standen. Dort ging die Führung zu Ende. Und als ich die leuchtenden Augen von Faiaz sah, war mir klar, was er vorhatte.

„Haben Sie noch Fragen?" wollte die Chefin des Protokolls, wie sie sich inzwischen vorgestellt hatte, wissen.

„Ja, nur noch eine", antwortete Faiaz. „Wann kann ich hier anfangen?"

Ich fühlte, wie mein Herz einen Schlag aussetzte. Umso überraschter war ich, als die Antwort kam:

„Sie können gerne ein 2-wöchiges Praktikum bei uns machen, wenn sie möchten. Schicken Sie uns dazu einfach Ihre Bewerbung zu", sagte die warmherzige Dame. Auch sie war als Ehrenamtliche in der Flüchtlingsarbeit tätig und funkte mit uns auf derselben Wellenlänge.

Wieder einmal hatte Faiaz bewiesen, dass man einiges erreichen kann, wenn man nicht so schnell aufgibt und ein wenig mehr Mut hat als andere.

Ein paar Monate später war es dann tatsächlich so weit. Faiaz arbeitete im Landtag und nahm am Empfang von Botschaftern aus den verschiedensten Ländern teil.

Einmal ging er zur Begrüßung des moldawischen Botschafters mit Anzug und Krawatte zur Arbeit. Die Halsweite des Hemdes war etwas eng, sodass er den obersten Knopf öffnen musste. Es klemmte und er kommentierte es mit den freundlichen Worten:

„Es ist noch ein jüngeres Knöpfchen. Es geht noch nicht auf." So brachte er uns immer wieder zum Lachen.

In dieser Praktikumszeit fand auch die Ehrung hochrangiger Polizisten statt. Faiaz ging es damals durch den Kopf, dass derartige Veranstaltungen in Afghanistan von Dschihadisten gerne ausgenutzt wurden, um einen Sprengstoffanschlag zu initiieren. Zu tief steckte diese afghanische Urangst vor einem Attentat in ihm, als dass er seinen dauerbeschleunigten Puls hätte im Griff halten können. Wo war der Ausgang, wo die Nottreppe, im Falle, dass doch…?

überlegte er. Über den Verstand beruhigte er sich zwar wieder, aber die Gefahr war für ihn durch das in der Heimat Erlebte immer präsent. Natürlich ging alles gut. Wir sind schließlich in Deutschland.

Daneben genoss er die Zeit im Landtag sehr und war sich mittlerweile auch sicher, dass ein Regierungsgebäude genau der richtige Rahmen für seine berufliche Zukunft wäre, egal ob als Politiker oder als Angestellter. Alles stand noch in den Sternen. Und manchmal wusste er, wie man sie beeinflusste.

Am Ende der Praktikumszeit bat der Vorsitzende des Hessischen Landtages Faiaz zu einer kleinen Privataudienz. Sie sprachen ein wenig über die Probleme Afghanistans und die Möglichkeiten in Deutschland. Zum Schluss stellte der Vorsitzende die Frage, was ihm denn Besonderes zu den Deutschen einfalle. Wenn er da auf eine freundliche Umschreibung gehofft hatte, war er danach sicher enttäuscht.

„Sie sind Maschinenmenschen", sagte Faiaz unumwunden.

Fragen hatte der nette Herr danach keine mehr.

Ich sollte den Begriff Maschinenmenschen in der Folgezeit noch öfter hören. Aus Faiaz' Sicht wirkten Deutsche oft als Arbeitstiere, die emotionslos ihrer Arbeit nachgingen, unabhängig von familiären Befindlichkeiten. Gewiss blieben wir bei kleineren Befindlichkeitsstörungen nicht von der Arbeit fern und schon gar nicht, wenn zum Beispiel ein entfernter Cousin mit Beinbruch im Krankenhaus lag, um ihn umgehend zu besuchen.

Wieder daheim an der Uni

Faiaz sprach immer gerne von der Zeit auf der Universität in Mazar-i-Sharif. Ich hatte aus unseren Gesprächen herausgehört, dass er dort eine Sonderrolle innegehabt hatte. Zum Beispiel besaß er als Einziger einen Zweitschlüssel für die Küche, denn er war auch damals schon immer hungrig. Und er war auch der Einzige, der abends den Campus nach 22 Uhr verlassen durfte, natürlich nur inoffiziell. Er hatte es wohl sogar in Afghanistan geschafft, seine Freiheiten durchzusetzen.

Nun durfte er also in Deutschland ein Jahr studieren: Deutsch und Architektur im Vorsemester. Er bekam dadurch die Chance, sein Deutsch so weit zu verbessern, dass er danach eine Ausbildung in der Verwaltung beginnen konnte. Ihn erwarteten nun ein strukturiertes Leben, das ihm Halt gab, ein Deutschkurs auf hohem Niveau und eine internationale Fachhochschule mit vielen jungen Menschen als potenziellen neuen Freunden. Es war ein überaus motivationsstiftender Neuanfang.

Schon bald merkte ich, dass Faiaz das Lernen aus Büchern recht schwerfiel. Es war neben dem täglichen Unterricht mehr ein "learning by talking and fighting", das ihn weiterbrachte. Fighting mit mir, anlässlich der unzähligen Diskussionen, die wir führten.

Setzte er sich aber vor ein Buch, dann standen die Worte wie ein Berg vor ihm, den er glaubte, nie bezwingen zu können. Die Gedanken drifteten ab zu den anderen Problemen seines Lebens und zu den vielen zurzeit unerfüllbaren Wünschen.

In Afghanistan war es von der Schule bis zur Universität üblich gewesen, Druck zu bekommen. In Deutschland war das weggefallen, wodurch Faiaz in eine Entspannungsstarre ging,

85

aus der er nur herauskam, wenn wieder Druck durch eine Prüfung oder wichtige Hausaufgaben da war. Es war keine freudige Entspannung, eher eine lähmende Starre, die auf ihm lastete, u.a. dadurch bedingt, dass er auch unsere Erwartungen spürte. Wir gaben ihm Raum und Anleitung zum Lernen. Er fühlte sich verpflichtet, dem nachzukommen, was ihn wieder an den Punkt brachte, dass er genau das nicht leisten konnte. In Afghanistan war er es gewohnt gewesen, der Beste zu sein, 1-1-Plus, wie er es nannte. Hier stand er sich selbst im Weg, weil durch das Sprachhindernis und die fehlende Motivation bei den Noten oft nur ein mittelprächtiges Ergebnis herauskam. Aber er lernte mit der Zeit, auch damit umzugehen.

Besonders mit dem Dativ und Akkusativ stand er wie alle, deren Muttersprache nicht Deutsch ist, auf Kriegsfuß. „Wem oder was" und „wen oder was" hilft nur Muttersprachlern. Bauchgefühl ist erst nach dem Verinnerlichen der Sprache vorhanden. Jedoch war es bis dahin noch ein weiter Weg.

Besonders die Personalpronomen waren ein Dilemma: ‚Die Frau gibt dem Kind die Banane: Sie gibt sie *ihm*.'

Sein Kommentar dazu: „Ist wie FBI-Bericht: Keiner weiß, was geht."

Auch bei den Multiple Choice-Antworten lernte ich, dass es aus kultureller Sicht unterschiedliche Möglichkeiten gab zu antworten: Wenn man 200 Gäste bekommt, muss man Einladungen *untersuchen* lassen, kreuzte er an. Ich fragte ihn:

„Weshalb denn *untersuchen*? Einladungen *drucken* wäre doch richtig gewesen."

Aus afghanischer Sicht passte aber *untersuchen* besser. Bei 200 Gästen musste man die Einladungen und die Gäste schließlich kontrollieren, damit kein Terrorist darunter war, erklärte er mir folgerichtig.

Die Umlaute „ie" und „ei" verwechselte er auch sehr oft. So las er einmal aus einem Zeitungsbericht vor: „Scheißerei in Paris. Polizist verwundert."

Es war allerdings eine Schießerei, bei der der Polizist verwundet wurde." So machte das Lernen manchmal richtig Spaß – vor allem mir.

Als motivationsfördernd hatte sich beim Internationalen Bund, wo Faiaz den B1 Sprachkurs absolviert hatte, eine warmherzige Lehrerin aus Russland erwiesen, die ihn mochte und fest an ihn glaubte. Von ihr erhielt er das richtige Maß an Lob, das ihn beflügelte und durchhalten ließ. Auch das Wissen darum, dass man ihm etwas zutraute, das man keinem anderen zugetraut hätte, war ein enormer Ansporn gewesen.

Auf seiner Hochschule aber führte eine Deutschlehrerin das Regiment, die des Öfteren kein Hehl daraus machte, dass sie die Integrationsfähigkeit der Geflüchteten anzweifelte. Bei den meisten Studenten in seinem Kurs gab es nämlich viele Fehlstunden. Sie ließen die Fachstunden von Architektur und Tragwerkslehre regelmäßig ausfallen, weil sie die Hochschule eigentlich auch nur zum Deutschlernen nutzten. Das stieß nicht bei allen Dozenten auf Verständnis. Die Deutschlehrerin war im Hinblick auf ausländische Männer ohnehin etwas vorgeschädigt. Sie selbst hatte – wie man sagte – eine problematische Ehe mit einem arabischen Mann hinter sich. So kannte sie die unterschiedlichen Denkweisen nur zu gut, war aber keinesfalls bereit, sich bei den Geflüchteten darauf einzulassen.

Dann kam die erste B2-Prüfung, vor der Faiaz fast nichts gelernt hatte und stattdessen, weil gerade Ferien waren, zu einem Flüchtlingsfreund nach Bayern gefahren war. Ergebnis: Durchgefallen!

Das zog ihn seltsamerweise herunter. Ich verstand die Logik dahinter nicht: Ohne Anstrengung kein gutes Ergebnis. Das wusste man vorher. Nun, er lernte daraus und bestand alle Folgeprüfungen.

Nach einer späteren Klausur hatte ich ihn einmal gefragt, wie es ihm ergangen sei.

„Gut", meinte er: „Ich habe nix verloren, nix gelernt und nix schreiben könnte." – Zumindest am Deutsch mussten wir dringend noch etwas feilen. Es kam dann doch eine 3– dabei heraus. Glück gehabt!

Lernhindernisse

Auch während der Zeit auf der Hochschule blieben bedauerlicherweise der Motivationsmangel und die häufigen depressiven Verstimmungen. Dafür gab es Gründe: Alle Afghanen hingen in der Luft, weil die syrischen Flüchtlinge Vorrang bei der Bearbeitung der Asylanträge hatten. Diese wurden mehr oder weniger „durchgewunken", während die Afghanen zum ewigen Warten verurteilt waren. Es gab leider auch kein Zeitfenster, innerhalb dessen man davon ausgehen konnte, dass es eine Entscheidung vor den Gerichten geben würde. Und *noch* konnte keiner der Geflüchteten einschätzen, ob er letztendlich bleiben durfte.

„Wenn ich zurückgeschickt werde, dann bringe ich mich lieber hier in Deutschland noch um! Dann kann ich mir wenigstens aussuchen, wie ich sterbe", war einer der Sätze, die mir das Blut in den Adern gefrieren ließen.

Während eines schönen Sonntagsausfluges zum Rhein, kippte Faiaz' Stimmung mit einem Mal unvermittelt. Gerade hatte er noch mit uns normal gesprochen, als er kurz darauf in Schweigen verfiel. Ich weiß nicht, welcher Satz es war, der den Stimmungsumbruch ausgelöst hatte. Jedenfalls fühlte sich die Luft um uns herum, trotz des schönen Sommertages, mit einem Male dick an, und ich sah, wie Faiaz beim Laufen ausdruckslos vor sich hinsah. Wir liefen gerade an einer mehrspurigen Hauptstraße entlang, da hob Faiaz den Blick vom Boden und sah mich mit einem gequälten traurigen Lächeln an:

„Ein Schritt zur Seite auf die Straße und alle Probleme wären gelöst!" meinte er und mir wurde übel bei diesem Gedanken. Noch schien die begonnene Therapie keinen Erfolg zu bringen.

Die kleinen depressiven Episoden tauchten sogar eher häufiger auf.

Seine Stimmungen waren so wechselhaft wie ein Apriltag. Auch bei kritischen Bemerkungen von mir „fiel er oft runter", wie er es nannte. Ich fasste ihn mit Glacéhandschuhen an, aber bei engem Zusammenleben bleibt Kritik nicht aus. Oft fehlte ihm die Einsicht, ein bestimmtes Verhalten zu ändern. Daneben schien es seine afghanische Ehre auch nicht zuzulassen, auf meine Wünsche einzugehen. Stattdessen verteidigte er sich in endlosen Erklärungsströmen und stundenlangen gemeinsamen Sitzungen mit oder ohne Tee, sodass hinterher selbst ich oft fix und fertig war. An diesem Punkt ging er komplett auf Rückzug und fühlte sich verloren, weil er das Gefühl hatte, mit mir nun auch noch in Dissonanz zu stehen. Von jetzt auf gleich schien für ihn alles seinen Sinn verloren zu haben. Er hasste dann Gott und die Welt – und leider auch sich selbst. Sein Blick richtete sich nach innen, und man sah ihm sein momentan düsteres Weltbild am verschlossenen, verfallenen Gesichtsausdruck an. Oft verschwand er dann komplett unter der grauen Kuscheldecke auf der Couch. Er machte sich damit unsichtbar.

Dieser Zustand war für uns beide sehr kraftraubend. Mir war klar, dass die deutsche Art Probleme anzugehen für einen Afghanen schier unerträglich war, zu direkt und vielleicht sogar verletzend. Gleichzeitig spürte Faiaz, dass es nicht böse gemeint war, sondern eben nur typisch deutsch und aus unserer Sicht absolut korrekt. Aber keiner von uns beiden konnte über seinen Schatten springen. Uns trennte dabei nicht nur die Sprache, sondern das unterschiedliche Konzept, mit den Problemen des gemeinsamen Lebens umzugehen.

Die fehlende Bereitschaft, sich etwas an der Hausarbeit zu beteiligen, blieb ein hart umstrittener Punkt. Die Küche ist ein

Ort, an dem sich der afghanische Mann üblicherweise nicht aufhält. Sie ist den Frauen vorbehalten. Unser fortschrittlicher, demokratischer, junger Mann konnte das natürlich höchstens denken. Aber zumindest ließ er sich nicht gerne von einer Frau sagen, was er zu tun hatte. Und mir fehlten die blumigen Worte zur Umschreibung, dass ich gerne etwas mehr Unterstützung gehabt hätte. Mein friedliebender Mann hielt sich heraus und ließ mich allein an der Front zurück.

Irgendwann gab ich es auf, Faiaz auf bestimmte Regeln festzunageln. Ich sah seine Bereitschaft, mir zu helfen, wenn ich Probleme mit dem Computer oder dem Smartphone hatte oder wenn schwere Dinge zu transportieren waren. Auch beim Reifenwechsel half er Roland gerne.

Faiaz hatte oft das Gefühl, er dürfte nur bei uns bleiben, wenn er sich als nützlich für die Gesellschaft erweise, d.h. wenn er fleißig Deutsch lernte, rechtzeitig dafür aufstünde, regelmäßig zur Uni führe und ähnliches mehr. Genau dieses Gefühl war es aber, was ihn oft blockierte. Er wollte als Rohdiamant geliebt werden, ohne sich vom Leben schleifen lassen zu müssen, ohne etwas geben zu müssen, wertvoll durch sein pures Sein.

Für mich war das schwer zu verstehen. In unserer Gesellschaft ist es oft das „Muss", das uns dazu bringt, morgens aufzustehen und die Dinge zu tun, die uns und unsere Familie am Leben erhalten. Es hilft aber auch in schwierigen Zeiten, nicht in Grübeleien zu versinken. *Die deutsche Maschine*, als die er uns oft sah, ist es gewohnt durchzuhalten und weiterzumachen. Das hilft, so erklärte ich ihm, mehr, als sich in die Ecke zu setzen und permanent seine Wunden zu lecken.

Daneben spürte Faiaz, dass ich für meinen Einsatz einen Erfolg sehen wollte. Dem war natürlich auch so. Im Deutschkurs für Flüchtlinge waren wir Lehrer:innen oft frustriert gewesen, weil das Angebot des ehrenamtlichen Unterrichts von unseren Sprachschülern nur unverbindlich wahrgenommen wurde und genau *die* durch Abwesenheit glänzten, für die wir uns besonders vorbereitet hatten. Bei Faiaz spürte ich, dass er anfangs bereit gewesen war, alle Hilfe aufzusaugen. Während des B1 Kurses beim Internationalen Bund hatten wir noch täglich gemeinsam gelernt. Doch irgendwann empfand er es schon als Druck, wenn ich nur freundlich nachfragte, ob wir ein Stück weiter lernen wollten. Allein lernen wollte er aber auch nur selten.

Ich fühlte mich oft schlecht, weil ich dachte, ich müsste stark für uns beide bleiben. Aber genau das fiel mir immer schwerer. Ich erwartete, dass er sah, was wir schon erreicht hatten und nicht immer in die alte Kinderleier einstimmte: „Alle anderen haben…, nur ich nicht."

Er beschwerte sich oft darüber, dass er nicht endlich eine Belohnung dafür bekommen konnte, dass er den geraden Weg gegangen war und alle Gesetze und Regeln beachtet hatte. Er dachte dabei an eine Belohnung in Form eines positiven Asylbescheides.

„Ich halte mich gerne an die Gesetze, sagte er. Ich stehe sogar voll dahinter. Deshalb wollte ich ja in die Politik, weil sie die Regeln des Zusammenlebens bestimmt und die Grundlagen für eine gerechte Ordnung im Land schaffen kann. Aber wohin hat es mich gebracht?" hatte er im Sommer 2018 enttäuscht gefragt.

Er war nach knapp drei Jahren in Deutschland immer noch im Bezug von Asylbewerberleistungen, hatte keinen festen Aufenthaltsstatus, besaß lediglich ein Smartphone, das ihm schöne Fotos ermöglichte, sowie recht gute Deutschkenntnisse, deren Wert er aber nicht immer zu schätzen wusste. Im Gegensatz dazu hörte er immer wieder von Geflüchteten, die bereits mehrfach straffällig geworden waren, die lange Zeit schwarzgearbeitet hatten und sich dadurch ein Auto leisten, sowie regelmäßig Geld nach Hause schicken konnten. Sie waren zum Teil über dubiose Quellen zu Geld gekommen und scheuten sich nicht, alle Lücken in den Gesetzen zu ihren Gunsten zu nutzen. Ich konnte verstehen, dass einen ehrlich durchs Leben gehenden Geflüchteten solcherlei Ungerechtigkeiten zum Verzweifeln bringen konnten. Aber wo ist die Welt schon gerecht? Dies ist wohl einer der Gründe, weshalb manche Religionen diese fehlende Gerechtigkeit nach dem Tode versprechen oder mit Karma zu erklären versuchen.

Ich versuchte, ihm in solchen Momenten immer wieder klarzumachen, dass es das Wichtigste war, sich selbst treu zu bleiben, um sich im Spiegel ins Gesicht schauen zu können und zielstrebig den eingeschlagenen Weg weiterzugehen, zumindest bis eine Kreuzung kommt, an der eine Neuentscheidung möglich ist und sinnvoll erscheint. Solche Kreuzungen mit Abkürzungen suchte Faiaz immer wieder und drängte mich zu Recherchen, wie er doch vielleicht schneller zum Ziel kommen konnte.

Wir hatten gemeinsam einige Vorträge der Diakonie und des Hessischen Flüchtlingsrates besucht. Hier waren wir darin bestärkt worden, dass es das Beste war, gute Deutsch-kenntnisse zu erlangen und damit eine Ausbildung zu beginnen.

Die afghanische Familie

Kinder zu haben, bedeutet im asiatischen Raum unter anderem auch, sich eine Altersversorgung aufzubauen. Auch bei Faiaz hatten zwischenzeitlich, wie zu erwarten, die lieben Eltern aus Afghanistan Ansprüche angemeldet. Gerne hätten sie sich eine Wohnung in Kabul gekauft, um sich durch deren Vermietung eine kleine Rente erwirtschaften zu können. Dieses Geld war aber nicht vorhanden, weil man alles ausgegeben hatte, u.a. für die Flucht des Sohnes, der in Not gewesen war. In Afghanistan, wo man nicht weiß, ob man den nächsten Tag noch erlebt, ist es nicht üblich, das Geld auf die Bank zu bringen. Auch kennt das islamische Recht keine Zinsen.

Man dachte nun also vermehrt an den Sohn im reichen Deutschland, der Geld schicken sollte, wie man es bei diversen Nachbarn schon mitbekommen hatte. Eine Ausbildung mache er, aha. Das kannte man nicht und kannte auch keinen, der das gemacht hatte. Nur Geld schickten alle, meist schwarz erarbeitetes Geld, egal, jeder musste sehen, wo er bleibt.

So kam es, dass der brave Sohn, der dabei war, sich in Deutschland auf ehrliche Art eine Existenz aufzubauen, mittlerweile sehr schlecht im Vergleich zu den ungebildeten, ebenfalls 2015 geflüchteten Söhnen von Bekannten dastand. Deren Deutsch war zwar noch immer rudimentär. Aber sie hatten hier Arbeitgeber gefunden, die sie schwarz und einen Teil der Zeit auch mit Steuerkarte schuften ließen und sie dabei, um ihre Notlage wissend, gnadenlos ausbeuteten. Die jungen Männer begaben sich unfreiwillig in eine Art moderner Sklaverei, denn die Familien zuhause warteten auf das Geld aus Deutschland. Zumindest war dies aber eine unmittelbare Entwicklungshilfe, denn es versickerte nicht in irgendwelchen korrupten Kanälen.

Es verging inzwischen kaum ein Telefonat mit den Eltern, bei dem nicht auf eine besondere prekäre Situation hingewiesen wurde. Arztrechnungen mussten beglichen werden, und zum Teil fehlte einfach nur das Geld für die tägliche Nahrung. Der Geldtransfer aus Deutschland wurde also dringend gebraucht. Faiaz verstand das und hätte an Stelle seiner Familie genauso empfunden. Aber gleichzeitig erkannte er, dass er sein Leben hier nie würde genießen können, ohne daran zu denken, wie schlecht es zur gleichen Zeit seiner Familie in Afghanistan ging. Er dachte oft daran, um wie viel leichter er es gehabt hätte, wenn sein Bruder auch hier gewesen wäre und sie die Last auf vier Schultern hätten tragen können.

Wenn der Druck von zu Hause wieder einmal zu stark wurde, musste Faiaz eine Weile aus dem Kontakt gehen; so schwer war es für ihn zu ertragen. Aber über die Albträume holte ihn das schlechte Gewissen immer wieder ein. Neben dem Hauptgrund für die Flucht, dem Todesurteil durch die Taliban, war der Druck, permanent Erwartungen erfüllen zu müssen und die damit verbundene Unfreiheit ebenfalls ein Grund gewesen, warum es ihn von Afghanistan weggezogen hatte.

Auch das Verhältnis zu den so sehr geliebten Geschwistern gestaltete sich schwierig. Sie verstanden nur schlecht, warum er nicht half, dass sie ebenfalls kommen konnten und warum er keine Geschenke aus dem wohlhabenden Westen schickte. Von Zeit zu Zeit überwies er etwas Geld, um sein Gewissen für eine Weile zu beruhigen. Gegen die Albträume half das nur wenig. Auch verwendeten die Eltern seine Geschwister als Sprachrohr für ihre Kritik, wenn er sich ihnen mal wieder entzogen hatte. Einmal sagte er traurig:

„Über meine Geschwister schießen sie ihre Patronenkugeln auf mich ab. Sie wissen, wie sehr ich an ihnen hänge und nutzen das leider aus."

Zu Beginn des Jahres 2018 gab es dann hinsichtlich der Kontaktaufnahme zur Familie eine Wendung. Neben dem laufenden Klageverfahren stand für Faiaz nun seine asthmakranke Mutter im Mittelpunkt des Denkens. Ihm war einmal mehr zu Bewusstsein gekommen, dass er seine Familie vielleicht nie mehr würde wiedersehen können. So wollte er noch einmal etwas Gutes für die Mutter tun und ihr im Hinblick auf ihre Krankheit helfen. Er hatte dabei an eine Organisation wie das Internationale Rote Kreuz gedacht, das – so stand es im Internet – für kranke Menschen Transporte nach Deutschland übernahm, um ihnen hier eine gute ärztliche Versorgung zukommen zu lassen.

Jene schöne Illusion musste ich ihm aber nehmen. Die Krankentransporte gab es zwar, allerdings vor allem für Menschen, die bei Sprengstoffanschlägen Körperteile verloren hatten und die man deshalb aus humanitären Gründen zur Operation und Nachversorgung nach Deutschland geholt hatte. Auch über große Spendenaktionen waren solche Transporte in speziellen Fällen möglich. Für eine Asthmapatientin kamen sie aber nicht in Frage. Davon gab es zu viele in Afghanistan.

Faiaz' Enttäuschung war groß. Da ich gerne helfen wollte, war ich auf die Idee gekommen, seiner Mutter meine homöopathische Hilfe anzubieten. Das war für Faiaz ein Anfang. Wir führten also ein langes Anamnesegespräch über das Telefon, das er nach beiden Seiten hin übersetzte. Später wollte ich auf der Grundlage der ermittelten Symptome ein passendes homöopathisches Mittel für die Mutter heraussuchen. Zu meiner Verwunderung zeigte Faiaz anschließend aber seinen Zweifel darüber und meinte, mit den kleinen Kügelchen sei seiner Mutter sicher nicht zu helfen.

„Wozu dann die Anamnese?" wollte ich wissen. Damit sollte ich nun doch besser zu einem Arzt gehen, sagte er, einem Arzt, der anhand der Symptome Medikamente für sie verschreiben könnte. Wir würden sie ihr später dann schicken.

Ich erklärte ihm, dass das ärztliche Betreuungssystem in Deutschland solch eine Möglichkeit keinesfalls vorsehe. Der Arzt oder die Ärztin müsse den Patienten persönlich kennenlernen und entsprechende Untersuchungen durchführen. Dies war selbstverständlich auch bei Homöopathen und Hömöopathinnen so. Doch da ich in dieser Notlage helfen wollte, versuchte ich es auf dem telefonischen Weg, bevor überhaupt keiner half.

Nun aber sollte es ganz anders laufen: Faiaz ließ mit seiner Idee nicht locker. Er überredete mich so lange, bis ich einen deutschen Professor anschrieb, der seit vielen Jahren afghanische Ärzte sowohl im Krankenhaus in Herat als auch in Deutschland ausbildete. Ich fragte ihn, wie man der asthmakranken Mutter helfen könnte. Ich kannte den hilfreichen Professor nur indirekt über einen jungen afghanischen Arzt, dem ich während des Anerkennungsverfahrens für seine Approbation durch die deutsche Bürokratie geholfen hatte. Mit viel Unterstützung war also nicht zu rechnen. Aber an dieser Stelle passierte ein kleines Wunder: Sehr zu meiner Überraschung bekam Faiaz' Mutter innerhalb von 24 Stunden einen Termin für eine Untersuchung in einer Kabuler Privatklinik, für die sie nicht einmal zahlen musste. Der Zufall wollte es, dass sie sich auch gerade dort aufhielt, weil sie ihre Schwester besucht hatte. Ich war im höchsten Glück, musste aber bald feststellen, dass Faiaz diese großzügige Hilfe als völlig normal hinnahm. In Afghanistan sei es immer so, dass man jemanden kannte, der einem noch einen Gefallen schuldete und Kontakte vermittelte. Er übersah dabei, dass der deutsche Arzt mir keinerlei Gefallen schuldete, ja mich nicht einmal kannte, und uns trotzdem half.

Faiaz' Mutter ging also in die Kabuler Klinik und wurde nach einer gründlichen Untersuchung weiter überwiesen, um ihre Lunge röntgen zu lassen. Diese Untersuchung sollte ein Arzt durchführen. Aber das kam für die Patientin nicht in Frage. Sie wollte sich, wie in Afghanistan üblich, nur von einer Ärztin untersuchen lassen. Es sind vor allem die Nachbarn und Verwandten, die eine Untersuchung durch einen männlichen Arzt als „haram", also nach islamischem Glauben verboten, empfänden. Und herumgesprochen hätte es sich allemal.

So ging es dann hin und her. Und zahlreiche Mails später waren wir an dem Punkt, dass keine Untersuchung mehr stattfinden sollte, sondern nur noch Medikamente verordnet wurden. Damit war Faiaz jedoch nicht zufrieden. Er sagte, die afghanischen Medikamente seien billiger Ramsch aus Pakistan oder China und deshalb nicht wirkungsvoll.

Als ich mein Herz noch einmal in die Hand nahm und den Professor darauf ansprach, wurde der wütend und sagte, er habe in Herat immer erfolgreich mit den Medikamenten aus der afghanischen Pharmazie gearbeitet. Es sei der falsche Glaube der Afghanen, dass ihre Sachen nichts wert seien und es nur im Westen qualitativ Hochwertiges gäbe.

Die Geschichte endete damit, dass der freundliche Professor Geld an die Mutter schickte, damit sie die teuren Medikamente überhaupt kaufen konnte. Denn bei ihrem Lehrerinnengehalt von 100 Dollar im Monat, wäre sie allein nicht dazu in der Lage gewesen. Daraus war Faiaz' Idee zum Schicken der Medikamente schließlich entstanden.s

Ich spürte, dass die Geduld des hilfsbereiten Arztes damit zu Ende war – meine allerdings auch.

Faiaz aber gab so schnell nicht auf. Einige Wochen später schon war er mit einem neuen Vorschlag gekommen. Seine Verwandten in Deutschland hatten ihn auf die Idee gebracht, *wir* könnten seine Mutter einladen, um sie hier behandeln zu lassen. Für kurze Zeit überlegte ich tatsächlich, darauf einzugehen und erwähnte die Idee in einer Mail an unseren Professor. Er antwortete, ich möge ihn umgehend anrufen. In dem folgenden Telefonat warnte er mich aufs Schärfste, so naiv zu sein zu glauben, die Mutter würde jemals wieder ausreisen. Im Gegenteil, kein Afghane, der einmal hier sei, gehe freiwillig wieder. Und die Kosten für das unweigerlich folgende Asylverfahren, den Unterhalt und jede Art von Arztrechnungen würden für die nächsten fünf Jahre an mir hängenbleiben. So sieht es das Ausländerrecht in solchen Fällen vor. Asylerschleichung über eine Einladung wurde dem Einladenden angelastet, der aus diesem Grund zuvor eine Verpflichtungserklärung gegenüber der Ausländerbehörde abzugeben hatte.

Es stellte sich heraus, dass der Professor aus eigener bitterer Erfahrung sprach. Er hatte vor nicht allzu langer Zeit einen jungen Arzt aus Herat, den er gut zu kennen geglaubt hatte, zu einem Praktikum nach Deutschland eingeladen. Kurz vor der geplanten Ausreise jedoch war dieser nach Hamburg gefahren, um dort einen Asylantrag zu stellen. Ich hielt dagegen, dass Faiaz' Mutter ja noch ihre Kinder in Afghanistan hätte, zu denen sie sicher zurückwollte. Doch er versicherte mir, sie würde garantiert darauf bauen, diese nachholen zu können, wenn sie erst einmal hier sei.

Schweren Herzens erklärte ich unserem Patensohn die Lage. Er war zutiefst enttäuscht, insistierte jedoch nicht weiter darauf. Er hatte eigentlich die Erfahrung gemacht, dass es sich im

Leben lohnte, auf Dingen zu beharren, die man durchsetzen wollte Doch hier war auch er an seine Grenze gestoßen.

Auf der Suche nach einem Ausbildungsplatz

Nachdem Faiaz' Deutschkenntnisse durch das *Welcome Program* der Hochschule immer besser geworden waren, begannen wir zu überlegen, wie die weitere berufliche Entwicklung aussehen konnte. Eine Ausbildung nach deutschem Modell gibt es in Afghanistan nicht. Nur wenige schaffen es, die möglichen zwölf Schuljahre zu durchlaufen, weil sie vorher arbeiten mussten, um die Familie zu unterhalten oder zum Militär eingezogen wurden. Viele waren auch durch die Schläge der Lehrer so mürbe, dass sie das Martyrium Schule lieber eher verließen. Bei den Mädchen wurde, besonders bei der ländlichen Bevölkerung, oft gar keine Notwendigkeit gesehen, ihnen eine schulische Bildung zukommen zu lassen. Auch ist der Schulweg für sie meist zu gefährlich. Übergriffe auf Mädchen und Frauen gehören zum grausamen Alltag in Afghanistan. Daran änderten selbst die blauen Burkas mit ihren Sehschlitzen nichts.

Faiaz hatte das Glück, einer gebildeten Familie anzugehören. Auch der Bruder und die Schwestern hatten die Schule bis zum Ende besucht, also 12 Schuljahre hindurch. Danach hatte Faiaz seinen Bachelor-Abschluss in Politik und Recht gemacht, mit einer Spezialisierung auf Diplomatie. Sein Ziel war eigentlich der diplomatische Dienst im Außenministerium gewesen. Er musste aber schnell einsehen, dass ihm dieser Weg verschlossen bleiben würde, weil seine Familie nicht die richtigen Beziehungen hatte und zudem der falschen Volksgemeinschaft angehörte. Paschtunen waren als Mitglieder der Herrschaftsriege stets im Vorteil. Tadschiken – wie Faiaz – und andere Ethnien hatten das Nachsehen. Immerhin war er im Kabuler Innenministerium gelandet, wo er Personaldaten digitalisierte. Mit seiner Flucht jedoch hatte er beruflich die Resettaste gedrückt. Aber es war zum Glück nicht alles gelöscht worden, denn seine Studienzeugnisse wurden in Deutschland anerkannt. Dadurch hätte er direkt mit einem Masterstudium beginnen können.

Was ihm schwer fiel, war die Einsicht, dass er für das Leben in Freiheit seine beruflichen Ansprüche vorerst stark zurückschrauben musste. Es ging nun hauptsächlich darum, ihn über eine Ausbildung vor einer möglichen Abschiebung zu schützen, falls es wider Erwarten doch noch zu einer Niederlage vor Gericht gekommen wäre.

Nun waren wir also am Suchen. Als er vom Bundesamt 2017 die Ablehnung erhalten hatte, war die Angst vor einer Abschiebung zunächst so groß, dass er sich sogar hätte vorstellen können, als Altenpfleger zu arbeiten, also in einem Berufsfeld, in dem zwar die meisten freien Stellen verfügbar waren, von dem aber bekannt war, wie schlecht die Bezahlung im Verhältnis zu den Anforderungen war. Aber das staatliche Schulamt hatte sein Schulzeugnis nicht akzeptiert, weil man fand, dass das Geburtsdatum in der Aufenthaltsgestattung nicht zu dem frühen Schulabschluss passte. Dafür gab es aber eine Erklärung: Er hatte das besondere Privileg gehabt, schon als kleiner Junge im Vorschulalter von Mutter und Tante von zu Hause aus unterrichtet worden zu sein. Beide waren Lehrerinnen und durften unter der Talibanherrschaft selten das Haus verlassen. Ihr Privatschüler dankte ihnen den Einsatz mit guten Leistungen. Er konnte schon mit fünf Jahren eingeschult werden und direkt zwei Schulklassen überspringen. Davon wollte der nette Herr vom hiesigen Schulamt aber nichts wissen, denn es passte nicht in sein Denkschema, und er hätte das vor seinem Chef auch nicht verantworten können. Eine Ausbildung im pflegerischen Bereich schied damit aus. Im Nachhinein erschien mir das auch gut so.

Da Faiaz davon sprach, in einem sozialen Beruf arbeiten zu wollen, hatten wir mit ihm einen Vortrag an einer Fachhochschule besucht, wo der Beruf des Sozialarbeiters mit Fachrichtung Flüchtlingshilfe vorgestellt wurde. Bei seiner starken Traumatisierung hielt ich diese Option aber nach einiger Überlegung für suboptimal, da in diesem Beruf sein Trauma unter Umständen neues Futter bekommen hätte. Wir gingen vielmehr davon aus, dass er das Thema Flucht langsam hinter sich lassen sollte. Später fanden wir heraus, dass er zwar in einem Beruf arbeiten wollte, in dem er etwas für die Gemeinschaft tun konnte, dabei aber vielmehr an einen Arbeitsplatz in der Verwaltung gedacht hatte, weniger an einen Beruf mit sozialem Einsatz.

Die Diakonie[14], die einige von uns Ehrenamtlichen über sechs Module zu Patinnen für Geflüchtete ausgebildet hatte, war schließlich eine große Hilfe bei der Suche nach einem Ausbildungsplatz. Faiaz und ich waren zur richtigen Zeit am richtigen Ort und stellten der richtigen Frau die richtigen Fragen. Es war die kompetente, herzliche Dame, die uns Ehrenamtliche koordinierte und unsere Schulungen organisiert hatte. Als sie hörte, dass Faiaz einen Ausbildungsplatz in der Verwaltung suchte, hatte sie eine wunderbare Idee. Sie telefonierte bereits am nächsten Tag mit dem Leiter der Evangelischen Regionalverwaltung. So wie *sie* war auch er ein Herzensmensch, dem das Leid der Geflüchteten sehr nahe ging. Er bestellte uns schon bald zu einem Vorstellungsgespräch, um seinen potenziellen Auszubildenden kennenzulernen. Und Faiaz hinterließ offenbar einen guten Eindruck. Der Leiter der Organisation sagte, es sei ihm eine Herzensangelegenheit, nicht nur *Verwaltung* zu sein, sondern das Herzstück des kirchlichen Auftrages, *Diakonie,* als Glaubenshaltung in der Organisation zu leben. Das Projekt „Integration eines Flüchtlings", das

Gewähren von Gastrecht angesichts des verheerenden Leids in dieser Welt, sei für ihn Ausdruck gelebter Frömmigkeit, die ihre Wurzeln in den Schriften der Bibel habe.

Mit dieser Einstellung schaffte er es, dass innerhalb kurzer Zeit, ein über den Flüchtlingsfonds finanzierter Ausbildungsplatz für einen weiteren Verwaltungsfachangestellten bereitgestellt wurde.

Ich war über die Offenheit der Evangelischen Regionalverwaltung, einen Mann mit muslimischen Wurzeln in ihre Reihen aufzunehmen, hocherfreut und konnte dieses Glück kaum fassen.

Faiaz aber meinte, bei dem Pech, das ihn verfolgte, würde sicher noch etwas dazwischenkommen. Auch wusste er mit dem Begriff Ausbildung noch nicht so viel anzufangen, da er das von Afghanistan her nicht kannte. Mit dem Zeugnis der höheren Berufsbildung[15] führt der Weg dort direkt zur Hochschule. So kreiste der Wunsch, weiter zu studieren noch immer in seinem Kopf. Er haderte noch für eine kurze Zeit mit seiner „Degradierung" zum Auszubildenden, bevor auch *er* die Tür erkannte, die Allah direkt vor seiner Nase geöffnet hatte.

Kapitel 4

Der Sprung ins kalte Wasser

Zum Glück war er einsichtig und begann die dreijährige Ausbildung im August 2018. Schon bald fühlte er sich im neuen Arbeitsumfeld wohl und bekam sein erstes Ausbildungsgehalt. Es überstieg die Asylbewerberleistungen deutlich.

Er bemühte sich, trotz der immer noch schlafgestörten Nächte jeden Morgen pünktlich auf der Arbeit zu erscheinen. Das fiel ihm oft sehr schwer, zumal die Zug- und Busverbindungen ein echtes Problem darstellten. Es kam vor, dass der Anschlusszug schon weg war, sodass er eine halbe Stunde auf den nächsten warten musste.

Schön war das zusätzliche Geld, wovon er sich neue Kleidung kaufen konnte, eine altbewährte Methode, um die Ausschüttung seiner Glückshormone wenigstens kurzfristig zu steigern.

„Gott wird dich kleiden", hatte sein neuer Chef beim Vorstellungsgespräch versprochen.

„Und ich werde mich der Kleidung würdig erweisen!" So hatte ihm Faiaz darauf sinngemäß geantwortet.

Ich sah nun, dass er das mit der Kleidung sehr ernst genommen hatte und hoffte, dass er seinem eigenen Versprechen auch gerecht werden würde.

Nun wurde also eine neue Phase der Integration eingeläutet. Er lernte die Berufsschule und das Verwaltungsseminar kennen und daneben auch die Evangelische Regionalverwaltung. Die netten Kollegen auf der Arbeit federten die anfangs schwierige Situation in der Schule ab. Die älteren gingen sehr rücksichtsvoll mit ihm um. Und auch sein Chef hätte besser nicht sein können. Er kümmerte sich trotz seiner knappen Zeit viel um ihn und sollte selbst langfristig die einzige Person bleiben, von der Faiaz Kritik annehmen konnte. Bei alledem war der Umgang mit ihm herzlich und überaus humorvoll. Er hatte die unsichtbare Gebrauchsanweisung für Faiaz gelesen, verstanden und korrekt umgesetzt. Für ihn war es sicher auch nicht einfach, sprach und handelte der neue Azubi doch so anders, als der Leiter der Verwaltung es von früheren Auszubildenden gewohnt war.

In der Anfangszeit fiel es Faiaz sehr schwer, auf westliche Art und Weise mit seinem Chef umzugehen. Er war es von Afghanistan gewohnt, dass der Vorgesetzte immer weit über den Mitarbeitern steht, dass man eine Haltung von tiefstem Respekt und unterwürfiger Höflichkeit zeigen musste. So stand Faiaz oft mit gesenktem Kopf vor seinem Chef und traute sich weder, ihn anzusehen noch sich neben ihn zu setzen. Eine Kommunikation auf Augenhöhe kannte er nicht und musste sie daher erst mühsam erlernen.

Später allerdings zeigte er seinem Chef gegenüber durchaus ein gestandenes Selbstbewusstsein. So scherzte der Chef des Öfteren mit den Worten:

„Ich sehe schon, Sie sind auch ein Alphatierchen. Also strengen Sie sich an, Sie werden ja später mal meinen Posten einnehmen."

Worte wie diese beflügelten unseren Patensohn ungemein. Sie deckten sich zumindest mit einem Teil des Selbstbildes, das er von sich hatte.

Sehr verwunderlich war für Faiaz, dass der Chef, was dessen Verantwortung betraf, *so* sehr in der Pflicht stand, dass er wesentlich mehr unter Druck stand als alle Mitarbeiter:innen zusammen. Auch *das* kannte Faiaz von der Heimat her nicht. Der dortige Chef hatte sich alle Rechte herausgenommen, aber kaum Pflichten gegenüber seinen Untergebenen verspürt. Er

ließ sie für sich arbeiten und war immer der Letzte, der kam,
aber der Erste, der ging.

Geschichten aus der Verwaltung

Kurz vor Ausbildungsbeginn bei der Regionalverwaltung der evangelischen Kirche las ich einmal aus der Zeitung vor: „Die Kirchen beklagen einen enormen Rückgang, sowohl bei den Katholiken als auch bei den Protestanten."
Da kam ein Stoßseufzer über Faiaz' Lippen: „Gott sei Dank nicht bei den Evangelischen!" – Er würde noch sehr viel lernen müssen.

Dann, zu Beginn der Ausbildung, hatte der Chef einmal das von ihm etablierte Ordnungssystem in der Verwaltung erklärt. Das wurde von Faiaz mit den Worten „Super! Gut gemacht!" kommentiert. Seltsam berührt kam die Antwort des Vorgesetzten: „Sie sind der erste Azubi, der sich erlaubt, seinen Chef zu loben."

Ein anderes Mal hatte der Chef etwas in seinen Ausbildungsnachweisen korrigiert. Für Faiaz war es nicht einfach, dies zu entziffern, weil er die deutsche Schrift bislang nur in Druckbuchstaben lesen konnte. Für ihn sah der Text völlig unlesbar aus. Deshalb rutschte ihm heraus: „Nicht hier schmieren!" Da fehlten dem Chef einmal mehr die Worte.

Zurück auf der Schulbank

Die Berufsschule und auch das Verwaltungsseminar stellten sich als große Hürde heraus. Faiaz hatte gehofft, Kontakte zu Gleichaltrigen zu bekommen und darüber seine Integration in die deutsche Gesellschaft fortzusetzen. Doch schon bald musste er frustriert feststellen, dass er es bei den Mitschülern größtenteils mit einem „Kindergarten" zu tun hatte. Die anderen Auszubildenden waren im Schnitt sechs Jahre jünger als er. Sie besaßen keinerlei Lebenserfahrung und ihre Gespräche kreisten um Dinge wie das Abendprogramm, Computerspiele, ein neues, von den Eltern finanziertes Auto und den letzten Urlaub. Es waren alles Dinge, bei denen Faiaz nicht mitreden konnte. Ein Auto war in weiter Ferne, schon der Führerschein war zurzeit schier unerreichbar, weil er sich nun voll auf die Schule konzentrieren musste. Und ein Urlaub außerhalb Deutschlands blieb ein schöner Traum, da er das Land mit seinem Aufenthaltsstatus, er hatte nur eine Gestattung[16], noch lange nicht verlassen durfte. Zu diesen Unterschieden in den Gesprächsthemen kam die völlig andere Sprache der jungen Mitschüler, die eher dem Hip-Hop-Jargon entsprang.

„Hey Digger, was geht?" und andere umgangssprachliche Formen kannte Faiaz nicht und wollte sie sich auch gar nicht aneignen. Er war es von zu Hause her gewohnt, über eine gepflegte Sprache zu zeigen, welcher Bildungsschicht er angehörte. Insofern fiel er mit seiner neu erlernten, leicht gestelzten deutschen Sprache völlig aus dem Rahmen. Auf seine Versuche, Klassenkameraden anzusprechen, kam dann oft nur ein „Häh?" oder ein allgemeines Stirnrunzeln, bevor man sich wieder gelangweilt der eigenen Gruppe zuwandte.

Er sagte, es falle ihm schwer, überhaupt mit den jungen Menschen ins Gespräch zu kommen. Über die Fragen: „Wo kommst du her? Und wie lange bist du schon da?" ging es nie hinaus. Man wusste wahrscheinlich kaum, wo überhaupt dieses Afghanistan lag, und schon gar nicht wollte man sich mit dessen Problematik auseinandersetzen.

Auch Faiaz' ausgesprochene Höflichkeit gegenüber seinen Lehrer:innen, das freundliche Türaufhalten und den anfänglichen Handschlag zur Begrüßung der Lehrkräfte fanden die deutschen Schüler sehr belustigend und befremdlich. Ein Flüchtling als Streber?

Auch wenn er sich einerseits auf die Pausen freute, so hoffte er doch schon bald, dass sie möglichst schnell vorübergingen, damit ihn die Einsamkeit nicht so sehr einholte, dass er danach dem Unterricht nicht mehr folgen konnte. Besonders schlimm fand er es aber, wenn man ihm mit Mitleid gegenübertrat. Das verletzte ihn genauso in seiner Ehre wie die Tatsache, dass eine Mitschülerin seine etwas unsichere Frage an die Lehrerin wiederholte und damit gezeigt hatte, dass man ihm sogar in der Fragestellung helfen musste. Das verbat er sich dann auch in der Pause mit einer Vehemenz, die die anderen etwas erschreckte. Man wollte doch nur behilflich sein! So entstand dann noch mehr Abstand. Eine Integration in die Gruppe schien nur schwer möglich zu sein.

Er bemühte sich dennoch immer wieder, in die Lerngruppen seiner deutschen Mitschüler hineinzukommen, aber man schloss ihn kategorisch aus. Zum Schluss waren immer nur die drei ausländischen Schüler in einer Gruppe, ein Syrer, ein Iraner und er, wobei der Syrer oft sein eigenes Ding machte, da Araber und Perser, historisch gewachsen, schon immer einen gewissen Argwohn gegeneinander hegten. Zum Glück war der Iraner vom Wesen her zugänglicher. Er bewunderte Faiaz oft wegen seiner Art, öffentlich Dinge auszudrücken, die ihn im Unterricht störten.

Auch bei Klassenfeiern und Schulausflügen sowie in der klasseninternen WhatsApp-Gruppe wurden die drei ausländischen Mitschüler einfach ignoriert. Sie saßen dann immer allein an einem Tisch, obwohl sie doch so gerne dazugehört hätten.

Im 2. Ausbildungsjahr: Der Druck wächst

Trotz Faiaz' häufiger Beschwerden über die vielen Ungerechtigkeiten in seinem Leben, hielt er die Ausbildung tapfer durch – und ich mit ihm. Jede Woche mussten Ausbildungsnachweise geschrieben werden. Und während ich ihn in der ersten Zeit darin intensiv unterstützt hatte, gingen sie ihm mit der Zeit immer leichter von der Hand. So war ich bald nur noch für den Feinschliff zuständig.

Privat blieb es weiterhin schwierig. An besseren Tagen fühlte sich Faiaz als armer Flüchtling, dem alles genommen worden war und dessen Hauptlebensziel darin lag, ein bisschen Spaß in diesem im wahrsten Sinn des Wortes verrückten Leben zu haben. An schlechten Tagen verschwand er sofort unter der grauen Decke auf der Couch. Er suchte dann nur die räumliche Nähe zu uns. Aber jedes Gespräch überforderte ihn, weil das Maß an Ertragbarem für ihn mal wieder überschritten war. Dass er mit geradem Rücken und stolzer, beinahe aristokratischer Haltung durchs Leben ging, täuschte oft darüber hinweg, dass seine Psyche wie eine Mimose war. Er erkannte das selbst, konnte es aber nicht ändern, da es seinen tiefsten Wesenskern betraf.

Es gehörte zur Liste der verbotenen Fragen, mich nach seiner Familie zu erkundigen. Dies beschäftigte ihn regelmäßig so sehr, dass er in der folgenden Nacht keinen Schlaf fand und am nächsten Morgen erschöpft liegen blieb, wenn der Wecker klingelte. Oft plagten ihn dann wieder Albträume, in denen seine Familie dem Terror der Taliban zum Opfer gefallen war. Das Verdrängte kam durch die Beschäftigung damit an die Oberfläche, und ich hatte den Eindruck, er erstickte fast daran.

Mit Arbeitsaufträgen oder Kritik versuchte ich mich noch mehr zurückzuhalten. Denn sonst verhielt er sich wie ein

Rassepferd, dem man das falsche Futter gegeben hatte. Er bockte, und es ging ihm sichtbar schlecht.

Ich behandelte ihn in dieser Zeit mit Glacéhandschuhen, denn ich fühlte mich für das Ausbildungsprojekt mitverantwortlich und hatte nur einen Wunsch, nämlich den, dass er alles zu einem guten Abschluss brachte. Zu viel Energie hatten wir beide schon in diese Unternehmung hineingesteckt.

Wenn er sich mal wieder vor der Mithilfe im Haushalt drückte, dachte ich des Öfteren, dass er als Erstgeborener besondere Privilegien in der Familie genossen hatte und unter Umständen als kleiner verwöhnter afghanischer Prinz erzogen worden war. Er schien noch immer auf eine subtile Art beleidigt zu sein, dass sein Leben hier nicht die Würdigung erfuhr, die ihm von seinem Rang her eigentlich zustünde. Die Schattenseite jener Privilegien in Afghanistan war aber die große Verantwortung, die auf den Schultern des erstgeborenen afghanischen Sohnes lag, die Verantwortung für das Wohl der Familie und den Schutz der Ehre. Für letzteres zumindest war er von Deutschland aus nicht mehr zuständig. Eine große Entlastung! Es gab hier genug andere Schwierigkeiten.

Vom Verwaltungsgericht zum Beispiel hatten wir noch immer nichts gehört, es hüllte sich in grausames Schweigen. Aber vielleicht waren die verantwortlichen Richter auch längst von den Aktenbergen erschlagen worden.

Das Thema Bleiberecht beschäftigte Faiaz zutiefst. Allerdings versuchte er die meiste Zeit über, dieses Leben hier zu ertragen, indem er es nicht mehr ernst nahm.

Wenn ich dann bisweilen ärgerlich auf seine aufgesetzt gute Laune reagierte, die er wie billiges Parfüm versprühte, dann flüchtete er schnell für ein paar Stunden nach draußen. Kurze Zeit später schickte er Fotos, auf denen ein lachender Faiaz zu sehen war. Dies sei alles eine Show, die er sich selbst und anderen vorspielte, auch den Jungs im Flüchtlingsheim, bei denen er wegen seines Humors und der Hilfsbereitschaft bei Behördenfragen immer noch ein gern gesehener Gast war. Er war wie der Clown, der die Menschen zum Lachen brachte.– Und sie merkten nicht, wie er unter der Maske weinte.

Aufgrund der vielen Albträume hatte der Arzt Faiaz ein Antidepressivum verordnet, das er probeweise und auch nur halbherzig einnahm. Es musste von der Dosis her langsam angepasst werden. Wenn ich von Zeit zu Zeit fragte, wie viele Tropfen des Antidepressivums er gerade nähme, so war die Antwort immer: „Wie du willst."

Es war seine Standardantwort, wenn ihm etwas ziemlich gleichgültig war. So sah er auch hier keinen Nutzen in jedweder Arznei und zeigte deshalb keine Konsequenzen bei der Einnahme. Schon aus diesem Grund konnten die Medikamente nicht anschlagen. Sie verschlechterten sogar seine Stimmung und machten ihn bestenfalls müde, aber er versuchte umso verzweifelter, nicht einzuschlafen, um den bösen Träumen zu entfliehen. Manchmal dachte ich, seine Flucht wird nie ein Ende nehmen. So kam er mir bisweilen vor wie ein Zombie. Und mehr und mehr versuchte ich, innerlich auf Abstand zu gehen, um nicht mit in den Abgrund gerissen zu werden.

Ich hatte oft Angst, Faiaz könnte sich etwas antun, auch wenn er gleichzeitig so sehr an seinem Leben hing. Morgens verließ er immer auf die letzte Minute das Haus. Um zum Bahnhof zu kommen, musste man eine stark befahrene Ortsstraße überqueren. Seiner fröhlich vorgetragenen Beschreibung nach mogelte er sich täglich mit solcher Bestimmtheit durch die Lücke eilig vorbeifahrender Fahrzeuge, dass es schier an ein Wunder grenzte, wenn immer alles gut gegangen war. Der von mir dringend empfohlene Fahrradhelm verstaubte für lange Zeit unbenutzt im Regal, so lange, bis es tatsächlich einmal zu einem Beinahe-Unfall gekommen war. Zum Glück lernte er aber daraus für die Zukunft.

Es kostete mich damals viel Kraft, mich nicht mit in seine negativen Gefühle hineinziehen zu lassen. Wenn ich Faiaz helfen wollte, aus seiner dunklen Grube herauszusteigen, dann musste ich stark bleiben. Aber er musste das Seil, das ich ihm reichte, auch mit beiden Händen anpacken. Den Eindruck hatte ich zu dieser Zeit nicht mehr. Deshalb beschloss ich schließlich, das Seil loszulassen und zu schauen was passierte.

Mir fiel die schöne Parabel von den zwei Menschen im Boot ein. Der eine beugt sich stark nach der rechten Seite hinaus, der andere versucht, einen Ausgleich dadurch zu schaffen, dass er sich nach der linken Seite herauslehnt. Meine neue Strategie war es, zu schauen, ob das Boot tatsächlich kippte, wenn ich mich selbst in die Mitte begab. Ich merkte, dass es mit Vertrauen zu tun hatte und dass Faiaz durch mein Vertrauen mehr gestärkt werden würde als durch ständige Hilfsaktionen. Ich übte mich also in Geduld und ließ den Dingen ihren Lauf, ohne Aufforderungen an ihn, mehr zu tun und ohne Eingehen auf Gespräche, die ihn in seiner Opferrolle bestärkten.

Neues aus der Chefetage

Bei all den Problemen schienen ihm die festen Strukturen während der Ausbildungszeit aber gut zu tun. Die Kollegen und Kolleginnen waren meist nett zu ihm. Sie murrten nur etwas, wenn unser Grünschnabel Abläufe entdeckte, die *er* als umständlich und verbesserungsfähig empfand.

„Wir haben hier eingeübte Prozessabläufe, die regelmäßig beschrieben und optimiert werden", hieß es dann.

Sie waren manchmal aber sehr froh, dass sie ihn hatten, weil er als „Digital Native" bei Problemen am Computer sowie bei der Erstellung von PowerPoint-Präsentationen sehr hilfreich sein konnte.

Dann kam der Tag, an dem die Vizechefin ins Amt eingeführt werden sollte. Es war ausgerechnet ein Morgen, an dem Faiaz nur schwer aus dem Bett gekommen war. Vermutlich waren es weniger die Albträume als eher die übliche depressiv geprägte Motivationslosigkeit, die ihn mal wieder wie in einem zähen Kokon festhielt. Zu bezwingen war sie nur mit raschem Aufstehen. Doch dazu brauchte es immer eines zündenden Funkens.

„Immer wenn ich etwas Schönes zum Anziehen habe, fällt es mir leichter aufzustehen. Aber momentan ist da nichts, das mir gefällt", murrte er.

Dann schaffte er sich mühsam aus dem Bett und stellte sich vor seinen gefüllten Kleiderschrank. – Wie eine eitle Frau, dachte ich damals. Denn wie im übrigen Leben brauchte er auch bei der Kleidung viel Abwechslung. Er hatte nach zwei Jahren in unserem Haus mehr Schuhe im Schrank stehen als ich. Dies waren die kleinen Geschenke, die er sich selbst machte, um die Ausbildung durchhalten zu können.

Nun, ich war ehrlich gesagt froh, dass er überhaupt aufgestanden war. Schnell hatte er zur Verwaltung gemailt, dass er sich wegen eines verpassten Busses verspäten werde. Dann flitzte er ins Bad. Aber, wie es an solchen Tagen so ist, hatte der nächste Bus dann auch noch Verspätung, sodass er erst gegen zehn Uhr auf der Arbeit erscheinen konnte, eine ganze Stunde zu spät. Die Amtseinführung hatte er damit verpasst. Eilig und unbemerkt wollte er sich an dem Stockwerk, in dem der Chef sein Zimmer hatte, vorbeischleichen. Das misslang ihm aber tüchtig, weil er von ihm schon an der Treppe abgefangen wurde.

„Aha, wen haben wir denn da? Ach, unseren lieben Azubi, der gerade total zu spät kommt", begrüßte er ihn fröhlich.

Und Faiaz wollte gerade mit der Bus-Ausrede kommen. Doch schon kam es von oben:

„Das glaube ich jetzt aber nicht. Nun haben Sie die schöne Amtseinführung der neuen Kollegin verpasst."

„Kein Problem", meinte Faiaz und setzte schlagfertig hinzu: „Vielleicht könnte mein lieber Chef mich *ihr* jetzt vorstellen?"

Mit seiner entwaffnenden Unverschämtheit kam er dank eines Chefs, der zum Glück selbst in kritischen Lagen meist hinter ihm stand, auch diesmal durch.

So marschierten sie gemeinsam zu der neuen Kollegin, und der Chef stellte seinen „höchstpersönlichen" Auszubildenden vor, ohne dabei zu verheimlichen, dass er in keiner Sekunde an die Ausrede mit dem verpassten Bus geglaubt hatte.

Dann aber betonte er, dass es sich bei Faiaz um einen ganz besonderen Menschen handelte. Und auch die Vizechefin fand ihn mit seiner authentischen Art gleich sympathisch und seinen Humor entwaffnend. Sie bot ihm sogar ihre Hilfe bei künftigen schulischen Fragen an. – An diesem Tag kam Faiaz sehr glücklich nach Hause.

Einige Zeit später beklagte sich der Chef scherzhaft, Faiaz sei der teuerste Azubi, den die Kirche je gehabt hatte, denn der Chef selbst helfe ihm öfter in seiner Mittagspause, obwohl er von seinen Terminen her bis weit ins Jahr hinein ausgebucht sei, und die stellvertretende Chefin bringe ihm sogar noch die Buchhaltung bei.

Manchmal hatte ich den Eindruck, der Chef war der Einzige, der ihn zu nehmen wusste, obwohl er ihn meist subtil, gelegentlich aber auch schärfer kritisieren konnte. Er ließ ihn mit seinen Sprüchen oft auflaufen und war bisweilen sogar in der Lage, seine Sicht der Dinge durch die richtigen Worte zu verändern. Und Faiaz war ihm dankbar dafür.

Mittlerweile zeigte Faiaz längst nicht mehr die anfängliche Unterwürfigkeit, begegnete seinem Chef auf Augenhöhe und gab ihm manchmal ein Feedback darüber, wie dessen Entscheidungen bei den Mitarbeitern angekommen waren. Seine Ehrlichkeit dabei war für den Chef sicher sehr hilfreich.

Mir fiel bald auf, dass die beiden die gleiche Art von Humor zu haben schienen. Eines Tages gab ihm der liebe Chef die gute alte „Ahoi-Brause", wohlwissend, dass Faiaz das schäumende Zeug noch nicht kannte. Er nahm die Brause in den Mund, ohne sie – wie üblich – in Wasser aufzulösen. Dadurch stieg sie ungebremst in seinem Rachen auf, bis sie ihm unter Tränen zur Nase hinausquoll.

„Ich bin ein schlimmer Chef", kommentierte sein Vorgesetzter diesen Vorfall einmal. Manchmal vergifte ich meinen Azubi mit Ahoi-Brause!"

Ich denke das Geheimnis des Chefs bestand in dem Abstand, den er zu ihm hatte. Der fehlte mir bisweilen. Dennoch blieb Faiaz auch für ihn immer ein kleines Rätsel. Er hatte zumindest das erste Jahr über wohl des Öfteren schlaflose Nächte wegen des neuen Auszubildenden gehabt.

Der verlorene Rucksack

Schließlich war ein großes Drama passiert: Der Rucksack mit dem Dienstlaptop war abhandengekommen. Faiaz hatte ihn an der Haltestelle des Zuges stehenlassen, weil er durch das Einladen seines Fahrrades abgelenkt war. Solche Dinge passierten leider öfter. Wahrscheinlich ist dies seinen Schlafstörungen geschuldet.

Wir begannen also eine sofortige konzertierte Suchaktion. Eine Frau hatte Kinder dabei beobachtet, wie sie den Rucksack von der Bank mitgenommen hatten. Da sich die Spur schnell im Sande verlaufen hatte, erschien mir eine weitere Suche als aussichtslos. Aber der Laptop war nicht nur Eigentum der Kirche, er enthielt auch das gesamte Leben unseres lieben Geflüchteten, gespeichert in Form von Fotos und Dokumenten. Nun wissen wir aber inzwischen, dass Faiaz kein Mensch ist, der schnell aufgibt. Er war mal wieder auf Adrenalin und hatte tausend Ideen, was wir tun könnten. Zunächst wurde ein Aufruf auf der Facebook-Seite unseres Ortes gestartet, der aber leider erfolglos geblieben war. Im ganzen Ort hängten wir Flugblätter mit dem vermissten Rucksack auf. Und natürlich wurde auch das Fundbüro der Gemeindeverwaltung informiert.

Doch es rührte sich nichts. Faiaz war verzweifelt, aber aufzugeben war keine Option. Er flitzte zu Fuß durch den Ort und sprach viele Menschen an., noch mehr Flugblätter wurden aufgehängt und verteilt. Darauf hatten wir inzwischen eine Belohnung über 50 Euro für den ehrlichen Finder ausgesetzt.

Es vergingen drei harte Tage für uns alle. Faiaz lief unentwegt mit versteinerter Miene herum und suchte im ganzen Ort. – Doch dann geschah ein Wunder, das niemand nach dieser Zeit noch erwartet hatte: Ich bekam einen Anruf von einer türkischen Familie. Sie entschuldigten sich vielmals über das späte Reagieren und sagten, der Sohn hätte den Rucksack gefunden. Sie wollten ihn gerne zurückgeben. Ob das an der ausgesetzten Belohnung für den Finder lag, war schwer zu sagen. Jedenfalls war das „Corpus Delicti" wieder da. Es fehlten nur die Buntstifte. Und das war zu verschmerzen.

Wir lernten dazu: In Afghanistan hätte sich der ganze Ort an der Suche beteiligt. Sobald man den Rucksack gefunden hätte, wäre er schnellstens an den Eigentümer zurückgegeben worden. Das analoge Informationssystem funktionierte dort nämlich wunderbar. Und die Menschen wären nicht so gleichgültig mit dieser persönlichen Katastrophe umgegangen wie hier. Hätte nämlich der Finder den Rucksack behalten, wäre das schnell herausgekommen. Er hätte sich nirgendwo mehr blicken lassen dürfen.

Als wir Faiaz erklärten, dass selbst das gestohlene Auto des Bürgermeisters nicht mehr aufgefunden worden war, konnte er nicht aufhören, darüber zu lachen. Aus afghanischer Sicht wäre es unvorstellbar gewesen, diesen Bürgermeister danach noch ernst nehmen zu können. Es hätte für ihn einen herben Ehrverlust bedeutet, weil er erstens offenbar nicht in der Lage gewesen war, sein Eigentum zu schützen und zweitens sich jemand erlaubt hatte, den *Bürgermeister* zu bestehlen. Das Ansehen als ehrenwerte Person wäre dadurch verloren gegangen.

Faiaz brachte so viel Wind in unser Haus. Der Gleichklang der Tage war schon lange beendet. Sowohl Höhen als auch Tiefen wechselten sich in rasanter Geschwindigkeit ab. Es war aufregend und kräftezehrend, aber es wurde nie langweilig. Faiaz sagte einmal sinngemäß:

„Ich ziehe Unglück an, ich hoffe es färbt nicht auf euch ab!"

Doch ich beruhigte ihn damals mit den Worten: "Ich bin mit dem ersten Osterwasser getauft, das bringt ein Leben lang Glück, auch für die Personen an meiner Seite." – Und davon war ich völlig überzeugt.

Rassistische Erfahrungen

Oft machte Faiaz wegen seines ausländischen Aussehens schlechte Erfahrungen. Eines Tages besuchten wir die öffentliche Leihbücherei und stöberten in unterschiedlichen Räumen. Als er mich suchte und dazu ein kleineres Lesezimmer betrat, verließ die Frau, die dort gerade in einem Buch gelesen hatte, eilig den Raum. Sie hatte offensichtlich Angst vor ihm gehabt. Die Kölner Silvesternacht war leider bei den meisten noch allzu präsent. Und wenn meine lieben Leser nun sofort wissen, was ich meine, dann erkennt man daran, wie schnell ein Bild, das uns in den Medien vermittelt wird, unser Urteil für lange Zeit, bei manchen sogar für immer, beeinflusst.

Ein besonders beeindruckendes Erlebnis hatte Faiaz dann eines Tages auf dem frühmorgendlichen Weg zum Zug. Er war spät dran und nahm wie üblich die Abkürzung über den Friedhof. Nun sind Friedhöfe für einen Afghanen immer eine besondere Herausforderung. Geschichten von Geistern, die ihr Unwesen auf Friedhöfen trieben, werden in Afghanistan mehr oder weniger von Jung und Alt geglaubt.

„Obwohl ich weiß, dass es nicht wahr ist, kann ich mich nicht gegen gewisse Ängste wehren", erklärte Faiaz später einmal. „Die Geschichten sind zu tief in meinem Kopf verankert."

Seine Kopfhörer im Ohr, lief er also sehr schnell über den besagten Friedhof. Kurz vor dem Ausgang kamen ihm Zweifel, ob er wirklich sein Portemonnaie und damit sein Zugticket eingesteckt hatte. Er wollte es schnell kontrollieren, blieb abrupt an der Nische der Trauerhalle stehen und setzte seinen Rucksack ab. In dem Moment hörte er einen lauten Schrei und das Scheppern eines Fahrrades. Hinter ihm hatte sich eine Frau zu Tode erschrocken, weil sie dachte, er wollte ihr etwas antun.

Das Hinterrad ihres Fahrrads, das sie fallen gelassen hatte, drehte sich noch, während sie Faiaz mit angstvollem Blick anstarrte. Der war allerdings genauso erschrocken wie sie. Fieberhaft überlegte er, wie er die Situation entschärfen konnte. Die kleine Pforte des Friedhofs lag fünf Meter vor ihnen, und ihm war klar, dass sich die verängstigte Frau nicht an ihm vorbei traute.

Mit zitternder Stimme sagte er: „Ich gehe zuerst durch die Tür, o.k.?"

Sie sollte nicht denken, er könnte in diesem Engpass über sie herfallen. Als sie beide draußen waren, sagte Faiaz:

„Ich bin doch auch ein Mensch! Ich wollte Ihnen gewiss nichts tun. Ich habe meiner deutschen Mama schon öfter gesagt, sie soll mir die dunklen Haare blond färben, und mein Gesicht hell schminken, so wie Michael Jackson, damit keiner mehr Angst vor mir hat."

Da entschuldigte sich die Frau vielmals. Sie war übrigens auch eine Ausländerin. Und:

„Sie war von allen Seiten größer als mir", beschrieb Faiaz die etwas füllige Dame.

Ein anderes Mal war ich mit unserem Patensohn und seinem Cousin anlässlich eines Anwaltsbesuches in Frankfurt. Anschließend beschloss ich, den jungen Männern noch etwas von der Stadt zu zeigen. Wir besuchten also den Dom und wurden prompt von einem Herrn angesprochen, der sich darüber mokierte, dass zwei muslimisch aussehende Männer seine christliche Kirche betraten. Ich verwies ihn in seine Schranken und hatte das Gefühl, ich würde in Zukunft noch öfter meine Brut beschützen müssen.

Als wir dann den Turm des Domes bestiegen, wollten wir die schweren Rucksäcke der Jungs nicht mitnehmen. Darin befanden sich noch die Einkäufe für unser Abendessen. Ich bat also an der Kasse, sie dort deponieren zu dürfen. Sie enthielten auch garantiert keine Bombe, erklärte ich den verwunderten Ticketverkäufern fröhlich.

Als wir dann hochstiegen, überholten wir zwei Elektriker, die gerade dabei waren, eine Leitung zu reparieren. Kurz darauf flog plötzlich die Sicherung heraus, und es tat einen ohrenbetäubenden Knall. Nach dem ersten Schrecken mussten wir darüber lachen. Als wir später wieder herunterkamen, entschuldigte ich mich an der Kasse, weil offenbar doch eine Bombe im Rucksack gewesen war.

„Na, *Sie* machen ja Witze!" sagte die Dame dort. So spielten auch wir ein wenig mit den Vorurteilen, die beim Anblick von Muslimen im Raum stehen.

Einsamkeit – die Krankheit im Exil

Viel schlimmer noch als den Rassismus empfand Faiaz die tiefe Einsamkeit, die ihn immer wieder überkam. Seine Psychotherapeutin beschrieb dieses Phänomen als Teil seiner depressiven Episoden. Immer wieder machte ich mir Gedanken, wie ich ihm bei der Suche nach Freunden behilflich sein könnte, damit sein Leben neben der Arbeit einen Sinn bekam und seine Motivation zum Lernen erhöhte.

Faiaz hatte mehrmals von der Idee gesprochen, einmal ein Radiointerview zu geben. Eine starke Triebfeder dafür war für ihn, dass er seine frisch gewonnenen Erfahrungen, wie man in Deutschland am besten zurechtkam, an andere Geflüchtete weiterzugeben wünschte. Ein Bekannter vom Asylkreis kam deshalb auf die Idee, bei einem ehrenamtlichen Radiosender in der Nachbarstadt nachzufragen. Dort war man auch gleich begeistert und lud ihn schon kurz darauf ein.

Das Interview in der Sendung lief völlig unverkrampft und der Moderator erkannte, dass er es mit einem echten Profi zu tun hatte, dem das Sprechen in der Öffentlichkeit richtig Spaß machte. Er schlug Faiaz noch während der Sendung vor, doch in Zukunft selbst im Radio zu moderieren. Sogar eine entsprechende Moderatorenausbildung wurde ihm angeboten.

Ein interessanter Vorschlag; Faiaz ging sehr gerne darauf ein. Und schon bald moderierte er regelmäßig eine deutsch-afghanischen Sendung, die zweisprachig ausgestrahlt wurde. Zu mehr privaten Kontakten führte das neue Hobby aber auch nicht. Denn beim Radio traf er immer nur die afghanische Chef-Moderatorin. Die Zuhörer blieben für ihn unsichtbar. Nie erfuhr er, ob es wenige oder doch vielleicht viele waren.

Ich machte mir also weiterhin Gedanken darüber, wie er mehr in Kontakt mit jungen Menschen kommen könnte. Dann hörte ich, dass im Nachbarort ein Chorprojekt starten sollte, und wir schlossen uns ihm gemeinsam an. Ich selbst sang zu dieser Zeit in einem kleinen A-Cappella-Frauenchor und brachte schon eine gewisse Chorerfahrung mit. In dem Projektchor übten wir dann ein halbes Jahr lang jeden Samstag, bis wir schließlich unseren großen Auftritt in einer Kulturhalle hatten, die bis auf den letzten Platz ausgebucht war. Faiaz stand in der Mitte der ersten Reihe und kam beim Publikum gut an. Er erhielt nach der Vorstellung sehr viel Lob von unseren Freunden, was ihn dazu motivierte, dem Jugendchor beizutreten. Er bestand aber nur aus wenigen Personen und erweiterte seinen Freundeskreis leider auch nicht.

Dann fand der evangelische Kirchentag in Dortmund statt. Faiaz' Chef war über die gewünschte Teilnahme begeistert und stellte ihn dafür frei. Er bekam gerade noch einen der letzten Plätze und teilte sich das Zimmer mit einigen anderen jungen Leuten aus der Umgebung. Das Reisen und die Vorträge gefielen ihm sehr gut, aber die Zimmerkameraden bezogen ihn auch hier nicht in ihre Unternehmungen mit ein. Dadurch rutschte er einmal mehr in die Einsamkeit ab. Das Gefühl unter so vielen Menschen zu sein, die alle jemanden zu haben schienen, war dadurch noch größer als üblich. Verlassen im Universum, so fühlte er sich, wollte sich aber niemandem aufdrängen.

Am letzten Tag setzte er sich vorübergehend von der Gruppe ab. Er beschloss spontan, mit der Bahn nach Hamburg zu reisen, wo er eine Facebook-Freundin besuchen wollte. Er traf sie bedauerlicherweise nicht an, nahm aber spontan an einer Lesung in einer Bücherei in der Innenstadt teil. Eine Iranerin stellte dort gerade ihr Buch vor, und Faiaz ergriff einmal mehr die Möglichkeit, auch ein paar Worte zu seinem Lieblingsthema „Integration in Deutschland" zu sagen. Dabei war er zumindest vorübergehend in seinem Element. Die Autorin schenkte ihm zum Schluss das eigene Exemplar ihres Buches, um ihm ihre tiefe Wertschätzung auszudrücken.

Es fiel ihm immer wieder leicht, spontan vor vielen Menschen zu sprechen, in Phasen von guter Laune schien es ihm geradezu ein Bedürfnis zu sein. In kleinen Gruppen mit jüngeren Leuten war er hingegen sehr zurückhaltend. Oft sagte er, er könne besser mit älteren Menschen umgehen. Sie hätten noch Interesse zuzuhören und seien respektvoller als die meist oberflächlichen jungen Menschen ohne Lebenserfahrung, die in ihrer eigenen Blase lebten.

Unser liebenswerter Narzisst

So verging die Zeit, aber die Einsamkeit blieb. Die Stimmung war oft so deprimierend, dass ich das Gefühl hatte, etwas grundlegend ändern zu müssen. Zum Glück wollte es der Zufall, dass mir eine liebe Bekannte den Kontakt zu einem pensionierten Doktor der Psychiatrie vermittelte, der meine Lage so gut wie kein anderer verstehen konnte. Er selbst hatte nämlich zwei afghanische Jugendliche als Pflegekinder in seine Familie geholt.

Der Doktor war der Ansicht, in unserem Fall käme aber erschwerend hinzu, dass die Erziehung und Sozialisation von Faiaz komplett in der afghanischen Kultur stattgefunden hatte. Eine emotionale Adaption an unsere Denkweise könnte nur in dem Fall erfolgreich sein, dass sehr viel Integrationswille vorhanden sei. Das war auch bei Faiaz der Fall, nur fiel er immer wieder in seine alten Muster zurück.

Zudem seien bei ihm als erstgeborenem Sohn unter Umständen auch gewisse narzisstische Persönlichkeitsstrukturen vorhanden. Das wäre eine weitere Erschwernis der Situation.

Bei Faiaz passte dazu, dass er sich abwechselnd groß- und einzigartig fühlte, aber ganz schnell abstürzte, wenn er von außen auf seine Schwächen hingewiesen wurde, nämlich dann, wenn jemand an seiner Neurose kratzte. Das hatte ich aus eigener Kränkung heraus sicher oft getan.

Auch hatte ich immer wieder mit empathischen Gesprächen, mit Klarheit und Aufdecken der Probleme, auf Heilung der jeweiligen vertrackten Situation gehofft. Der Arzt wies einmal mehr darauf hin, dass die europäische und die asiatische Kultur völlig unterschiedlich mit Konflikten umgingen. Es wäre deshalb sinnvoll, in Zukunft darauf zu verzichten, über auftretende Schwierigkeiten zu *sprechen*, weil dies nur erfolglos sein könne. Afghanen seien in der Regel in der Lage, die Differenzen zwischen den Kulturen zu beschreiben, jedoch misslinge es regelmäßig, das Problem auf unsere Art aufzuarbeiten. Je eher ich in der Lage sei, diese Dinge zu akzeptieren, desto kraftsparender wäre es für beide Seiten.

Faiaz drückte seine Enttäuschung uns gegenüber einmal so aus, dass er sagte, am Anfang war er bei uns glücklich gewesen, weil er gedacht hatte, wir seien seine Engel. Inzwischen wisse er aber, dass er es mit ganz normalen Sterblichen zu tun habe. Wie wahr! Seine Engel waren bisweilen genauso verletzlich wie er und mussten sich ebenfalls schützen.

Dazu der Doktor: Sein Wunsch, seine empfindlichen Stellen durch uns heilen zu können, bleibe unerfüllbar. Auf der Empathie-Ebene die emotionale Not beantworten zu wollen, sei nicht möglich.

Mein neuer Ansatz nach diesem Gespräch war es, emotional mehr auszusteigen und meinerseits keine Probleme mehr zu thematisieren, was nicht einfach war, wenn man so dicht zusammenlebte.

Im Grunde war es dieselbe Waschanleitung, die Faiaz mir selbst schon für sich gegeben hatte:

„Hab' keine Erwartungen, denn noch bin ich mit meinen eigenen Schwierigkeiten und Herausforderungen so beschäftigt, dass ich nichts zurückgeben kann, kritisier mich nicht, stell keine Fragen zu Schule und Arbeit. Denn genau dann geht gar nichts mehr."

Mir fiel dazu das Gleichnis vom Tausendfüßler wieder ein. Ich beschloss nach diesem Gespräch, ihn noch mehr allein laufen zu lassen, in der Hoffnung, er läuft überhaupt.

Das narzisstische Element, das der Doktor erwähnt hatte, fand ich tatsächlich in vielen kleinen Aussprüchen bestätigt, über die ich bei allen Schwierigkeiten immer wieder lächeln musste:

„Die Welt ist viel zu klein für mich", sagt er manchmal. Oder:

„Ich liebe Hochhäuser, von denen ich auf die Welt hinunterschauen kann." Oder:

„Ich möchte einen höheren Fahrradrahmen." Der Fahrradhändler hatte zu einem kleineren geraten. "Klein bin ich von allein."

Im Palmengarten hatte ich schöne Fotos von ihm gemacht. Er legte dabei größten Wert darauf, dass er jeweils in einer erhöhten Position stand. Auch wollte er immer im Zentrum des Bildes sein, niemals seitlich. „Die Umgebung muss sich *mir* unterordnen", kommentierte er das. – Wie wahr!

Faiaz dachte immer groß. Demut war nicht seine Stärke.

In Afghanistan hatte er einmal vor seiner Schulklasse gesagt:

„Jeder kann, wenn er es nur will, alles werden, sogar Prophet!"

Für diesen ketzerischen Ausspruch hätte man ihn steinigen können. Doch er fügte damals schnell hinzu:

„Sofern Allah es will!" und hatte sich so geschickt aus dieser brenzligen Situation gerettet.

Auszugswunsch – Der Kuckuck richtet seine Federn

Vielleicht war es meiner neuen distanzierteren –Haltung ihm gegenüber geschuldet, dass Faiaz eines Tages anfing, laut darüber nachzudenken, dass er viel lieber in einer Großstadt leben würde und nicht bei uns auf dem Land. Das lag nicht daran, dass er uns leid war, sondern dass die Großstadt einem jungen Menschen mehr Möglichkeiten bot, Kontakte zu knüpfen und das Pulsieren des Lebens zu spüren. Ich überlegte und hatte eine Idee: eine Ehrenamtliche aus der benachbarten Großstadt hätte eventuell ein Zimmer frei gehabt. Doch umziehen wollte er keinesfalls. „Man kann Eltern nicht einfach austauschen." Da hatte er sicher Recht, auch wenn wir nicht aus der Welt gewesen wären. Aber noch konnte er so viel Abstand nicht ertragen.

Einige Zeit später kam bei Faiaz erstmals, seit er bei uns lebte, der Wunsch nach einer eigenen Wohnung auf. Bald ging dieses Ansinnen jedoch wieder im Alltagsrummel unter. Aber ich spürte, dass unser letztes Küken seine Federn richtete und es Zeit wurde, dass auch dieses aus dem Nest plumpste, um die Verantwortung für sein Leben selbst zu übernehmen. In Afghanistan hatte er bereits sehr selbstbestimmt gelebt. Er hatte ein eigenes kleines Appartement bewohnt, was dort eigentlich nicht üblich war für einen jungen Mann. Aber die Umstände hatten ihn einfach zurückgeworfen.

Ein paar Wochen später merkten wir, dass es langsam ernst wurde. Faiaz wollte die Suche nach einer kleinen Wohnung nun tatsächlich angehen. Wir boten unsere Hilfe an und erstellten zunächst gemeinsam eine Wohnungsbewerbung. Suchen musste er selbst. Die Sache kam dann weiter ins Rollen, als er mit uns ein 1-Zimmer-Appartement in einem modern eingerichteten Studentenwohnheim in der Stadt besichtigte, das fußläufig zu seiner Arbeitsstelle, zum Verwaltungsseminar und zum Fitness-Center lag. Dieses Projekt scheiterte aber an der fehlenden Finanzierbarkeit der Wohnung. Bei seinem niedrigen Ausbildungsgehalt wäre nichts mehr zum Leben übriggeblieben. Er bekam später auch nie eine Antwort auf seine Bewerbung. Aber ich sah mit Freude, dass unser Küken tatsächlich selbständig wurde. Sein Spruch „Aus eurer Wohnung ziehe ich nur aus, wenn man mich hinausträgt", hatte wohl glücklicherweise seine Gültigkeit verloren.

Ich sah mich auch nach einer öffentlich geförderten Wohnung für ihn um. Wir mussten aber die bittere Erfahrung machen, dass diese Wohnungen für Geflüchtete, deren Asylverfahren noch nicht abgeschlossen war, nicht zur Verfügung standen. Auch dann, wenn sie schon jahrelang hier lebten und sich beruflich und privat integriert hatten. So kam es, wie schon zuvor: Die Suche wurde bald wieder eingestellt.

Flugversuche – Der Kuckuck experimentiert mit seinen Flügeln

Wenn sich Jugendliche langsam von ihrem Elternhaus lösen, dann wird das Zusammenleben mit ihnen immer schwieriger. Wir hatten das schon zweimal erlebt, unser drittes Kind hatte sich allerdings geräuschloser abgenabelt.

Bei Faiaz stand diese pubertäre Lösung schließlich auch verspätet im Raum. Die Konflikte kamen in immer kürzeren Abständen. Der Unmut auf beiden Seiten wurde größer. Ich gab mir viel Mühe mit ihm, flachsige Bemerkungen, zum Beispiel über das Essen, kamen als Antwort. Es war seine Art Witze zu machen, aber es kränkte mich dennoch immer wieder.

An einem Abend hatte ich ihm ein nach unseren Maßstäben schönes, gesundes Essen gekocht. Er aß eine große Portion davon und leckte sogar den Teller anschließend sauber. Ich lächelte zufrieden und sagte:

„Das nehme ich jetzt mal als Kompliment."
Prompt kam die Antwort: „Ja, wenn man Hunger hat..." Bei solchen Kommentaren kam wenig Freude bei mir auf.

Einen Tag später dann gab es mittags für uns ein einfaches Mahl aus Belugalinsen und Wildreis, das ich abends für unseren „armen Geflüchteten" zusätzlich mit Tomatensoße warm gemacht und mit Kräutern und Tomatenvierteln garniert hatte.

Sein Kommentar darauf: „Schmeckt ja wie im Altersheim."

Ich unterdrückte eine Antwort. Da setzte er nach: „Wie im Krankenhaus." Ich schluckte und schwieg traurig.

Kurz darauf zeigte er mir eine Mail aus dem Jahr 2016. Damals stand die Frage im Raum, ob er gemäß der Dublin-Verordnung zurück nach Griechenland abgeschoben werden könnte, weil er den Griechen seinen Fingerabdruck gegeben hatte.

„Hast du mir das geschrieben?" fragte er. Ich bestätigte und er kommentierte es:

„Wäre ich doch besser nach Griechenland gegangen."

Was er – so dachte ich – im Hinblick auf den Druck und die Leistungsgesellschaft in Deutschland meinte. Immerhin stand die gefürchtete Zwischenprüfung im Februar ins Haus.

Als ich die Stirn entsetzt runzelte und dachte: Welch zynischer Gedanke! Da möchtest du jetzt nicht wirklich sein. In Schlamm und Kälte, ohne richtige Bleibe, in Armut und Krankheit. Da fügte er hinzu:

„Dann müsste ich jetzt nicht dein trauriges Gesicht sehen."

Da war das Fässchen bei mir übergelaufen. Ich war sauer und ließ ihn das auch spüren. Und einmal mehr glitt er in seine Welt ohne Worte, zog die Decke über den Kopf und verließ bald darauf das Zimmer.

Ich warf ihm die Frage hinterher, warum er sich immer so unfreundlich benähme. Das sei respektlos und undankbar. Und da ich wütend war, rief ich ihm nach, er solle erst wieder erscheinen, wenn er eine Antwort auf diese Frage hätte.

Das war es dann. Er hatte keine. Stattdessen folgte ein zweieinhalbtägiger Hungerstreik. Er ließ sich nicht mehr bei uns blicken, weder am Donnerstag, um auf die Arbeit zu gehen – ich meldete ihn krank – noch am Freitag, um das Verwaltungsseminar zu besuchen. Das war sehr ungewöhnlich, da er tagsüber fast nie allein in seinem Zimmer blieb. Am Donnerstagabend war er wohl schließlich, nachdem wir schon im Bett waren, wie ein Mäuschen heruntergekommen, um den kalten Rest aus dem Topf mit dem „Krankenhausessen" zu futtern und dabei seine Ladestation fürs Smartphone zu holen. Er mied seltsamerweise jeden

Kontakt mit uns. Die dadurch entstandene Spannung war für alle nur schwer zu ertragen.

Am Freitag gingen mein Mann und ich zu einer Beerdigung und sahen auf dem Rückweg mit Entsetzen, dass sich wieder einmal jemand vor den Zug geworfen hatte. Das ging mir durch Mark und Bein. Ich versuchte, die schlimmen Gedanken, die sich mir aufdrängten, zu unterdrücken. Zu Hause angekommen, rannte ich deshalb voller Angst nach oben in sein Zimmer im ersten Stock. Dort lag er im Dunkeln und starrte teilnahmslos an die Decke – ohne jede Motivation etwas zu sagen oder gar aufzustehen. Ich wusste, dass es aussichtslos war, in dieser Lage mit ihm zu reden. Erleichtert, aber ratlos stellte ich eine Flasche Wasser als Friedensangebot neben sein Bett. Ein Energy Drink oder ein Kaffee wäre für seine Energie sicher besser gewesen.

Wie sich später herausstellte, war es ein junges Mädchen aus dem Ort gewesen, das wegen Liebeskummer Selbstmord begangen hatte. Ein schreckliches Drama! Ich musste an die armen Eltern denken und fühlte von ganzem Herzen mit ihnen. In der Zwischenzeit lag *unser* Kleiner wohl behütet in seinem Bett. Aber tief in seinem Inneren wütete ein furchtbarer Kampf, durch den er sich wie in der Hölle fühlte, wie er mir später erklärte.

Es dauerte noch bis Samstagmittag, bis er sich wieder zu uns gesellte, nachdem wir ihn zum Essen gebeten hatten. Wie ein Häufchen Elend kam er die Treppe hinuntergeschlurft. Am Tisch schließlich sprach er sich auf monotone Weise alles von der Seele, was er in den Tagen seiner selbst auferlegten Klausur im Zimmer oben ausgebrütet hatte. Dass alles zu viel für ihn wäre, dass er es nicht mehr schaffte, dass er doch noch nicht bereit wäre für die Ausbildung, dass er die Beschwerden von uns und den Druck der Arbeit nicht mehr aushalte etc. Und dass er nun vorhabe, die Kündigung zu schreiben.

Ich war sehr froh, dass er wieder redete, aber völlig geschockt von seinem neuen Entschluss. Das lange befürchtete „Worst-Case-Szenario" schien eingetreten zu sein: Er wollte tatsächlich alles hinwerfen, nachdem so viel Energie von allen Seiten hineingeflossen war.

Es stellte sich schließlich heraus, was das Töpfchen zum Überlaufen gebracht hatte: Er hatte Kritik von allen Seiten bekommen. Erst durch mich, wegen seines undankbaren Benehmens, danach von seinem Chef, der ihn aufgefordert hatte, seine Krankmeldungen in Zukunft selbst telefonisch durchzugeben. Das hatte meist ich für ihn übernommen, eine Absprache mit der Personalabteilung, weil er sich oft nicht dazu in der Lage fühlte. Nun aber hatten sich die Kollegen über die Ungleichbehandlung beschwert.

Faiaz war zutiefst verletzt, und selbst nach langen Gesprächen hatte ich nicht das Gefühl, er wäre wieder ins Boot eingestiegen, um seinen eingeschlagenen Weg weiterzuverfolgen. Stattdessen hatte er sich offenbar in die Vorstellung verrannt, wie viel einfacher es für ihn wäre, wenn er sich ohne Ausbildung eine Anstellung suchte. Er dachte dabei auch an seinen Cousin, der in einem italienischen Restaurant als Kellner arbeitete. Mir erschien es eher unvorstellbar, dass Faiaz eine solche Arbeit verrichten konnte. Als ungelernter Kellner musste man Kritik ohne Ende einstecken können. Und niemand würde sich von ihm sagen lassen, wie es besser ginge.

Ein paar Tage zuvor war er zudem einem Afghanen, der Paketdienste machte, begegnet. Offenbar war dieser noch nicht lange dabei. Vielleicht aber auch hatte er nicht ganz die Wahrheit über diesen anstrengenden Job erzählt. Faiaz jedenfalls erlag nach dem Gespräch mit ihm der Illusion, in diesem Beruf frei sein zu können. Er stellte sich vor, wie schön sein Leben hätte sein können: nur durch die Gegend zu fahren und Menschen mit ein paar fröhlichen Worten auf den Lippen Pakete abgeben zu dürfen. Kein Lernen schwieriger Sachverhalte mehr. Sein Deutsch wäre dafür völlig ausreichend gewesen. Aber in diesem Beruf hätte er besonders viel Druck ertragen müssen und eine – gemessen an dem Berufsstress – schlechte Bezahlung erhalten. Außerdem fehlte dafür noch der Führerschein. Doch das wollte er damals nicht sehen.

Vor diesem Hintergrund und dem enormen Prüfungsdruck, den die bevorstehende Zwischenprüfung bei ihm erzeugt hatte, wollte er nun jedenfalls komplett aus der Ausbildung aussteigen. Ich ließ das erst einmal so stehen und hoffte, am nächsten Tag würde alles wieder anders aussehen. Denn bekanntermaßen konnte er seine Meinung in Abhängigkeit zur jeweiligen Tagesform sehr schnell ändern. Zu widersprechen hätte ohnehin nichts gebracht. Ich wusste, ich würde weiterkommen, indem ich ihn sogar in seinem kontraproduktiven Tun bestärkte. Über diese „paradoxe Intention"[17] kam meist die erhoffte Umkehr seiner Denkweise.

Mit Freuden nahm ich dann tatsächlich wahr, dass er am nächsten Tag zum Verwaltungsseminar ging. Am Abend aber – das Drama nahm kein Ende – hatten wir das gleiche Thema wieder. Ich sah, welche Pein es für ihn bedeuten würde, sich am darauffolgenden Tag dem Chef und den Kollegen zu stellen, von denen er das Gefühl hatte, sie redeten nun schlecht hinter seinem Rücken. Diesen Canossagang konnte ich ihm nicht abnehmen.

Aber er schaffte es. Am Abend nach der Arbeit kam zunächst kein Wort über seine Lippen. Deshalb fragte ich so beiläufig wie möglich, ob alle Kollegen nett zu ihm gewesen waren. Er nickte kurz. Kein Kommentar. Aber von einem Abbruch der Ausbildung war auch in den Folgetagen nicht mehr die Rede. Ich atmete so tief auf wie schon lange nicht mehr.

Zugleich war mir eine große Last von den Schultern genommen. Ich fühlte mich künftig nicht mehr in der Verantwortung, wenn er nicht aufstand. Gleichzeitig hoffte ich inbrünstig, dass er in der Lage war, eigenverantwortlich zu handeln. Und eine Weile ging auch alles erstaunlich gut.

Doch die Spannung wächst und wächst

Ein paar Wochen später hatte ich wieder das Gefühl, alles läuft in die falsche Richtung.

Faiaz Motivation war wieder steil abgefallen. Er fehlte des Öfteren einen Tag in der Schule oder im Verwaltungsseminar. Dort fühlte er sich nach wie vor ausgegrenzt. Er meinte, alles versucht zu haben, aber er fand keinen Zugang zu den Mitschülern. Er hatte das Gefühl, niemand interessierte sich für ihn oder mochte auch nur mit ihm reden. Selbst im Sport waren es immer die drei Geflüchteten, die beim Wählen der Mannschaften übrigblieben. Da ich Faiaz inzwischen sehr gut kannte, dachte ich, es war vielleicht nicht nur das Fremdländische an ihm, das die Klassenkameraden störte, sondern auch die Prise Arroganz, die er ihnen gegenüber zeigte. Er beschrieb sie einmal als dumme, verwöhnte Kinder, die keine Ahnung vom Leben haben. Das kam wohl auch genauso bei ihnen an.

Immer wieder verglich er sein Leben mit *dem* anderer Geflüchteter, die keine Ausbildung gemacht hatten und dennoch ein feines Leben führten, wie er meinte. Vor der Ausbildungszeit hatte ihm die Struktur gefehlt. Er hatte damals gehofft, über den Beruf Menschen zu finden, die mit ihm ihre Freizeit teilen wollten. Inzwischen war er in dieser Hinsicht völlig desillusioniert und hätte am liebsten mal wieder alles hingeworfen. Ich riet ihm dringend davon ab, zumal es keinen Plan B. gab. Daran hielt er sich zum Glück.

Faiaz musste inzwischen schmerzlich erfahren, dass sich sein Mythos des begabten jungen Mannes, der schnell die Sprache erlernte und in der Lage war alle Türen zu öffnen, verbraucht hatte.

Auch mochte er sich nicht mit anderen messen lassen. Je näher die Zwischenprüfung rückte, umso mehr wollte er ihr entfliehen, selbst um den Preis dessen, alles Erreichte aufzugeben.

Ich freute mich immer, wenn er sich mir in Gesprächen öffnete und dachte, das Reden täte ihm gut. Aber ich musste immer wieder feststellen, dass wir uns im Kreis drehten.

Er sagte dann: „Diese Gespräche kosten mich so viel, weil ich mich nicht verstanden und daher einsam fühle."

Das aber tat mir wirklich weh. Versuchte ich doch aus meiner Sicht alles, um ihm ein gutes Gefühl zu geben. Ich versuchte, ihm dabei zu helfen, verborgene Zusammenhänge zu sehen, die mir durch den Blick von außen auffielen und Strategien für aktuell schwierige Situationen zu entwickeln. Jedoch hatte er die Angewohnheit, alle Ratschläge von mir als Kritik aufzunehmen. Alles klang in seinen Ohren wie Widerspruch, auch wenn ich nur ausdrücken wollte, dass sein Glas halb voll und nicht halb leer war. Ratschläge sind Schläge, heißt es, nämlich dann, wenn sie nicht erwünscht sind. Faiaz suchte in mir eher einen Zuhörer, der alles verständnisvoll abnickte. Aber oft fragte er am Ende des Gesprächs dennoch nach der ultimativen Lösung, die es natürlich nicht gab. So mehrten sich die Tage mit der Decke überm Kopf in diesem Winter. Ab und zu tauchte er darunter auf und jammerte, dass er Hunger hätte. Ich fühlte, dass das auch metaphorisch gemeint war. Noch immer hungerte er nach einem Leben, das er nicht hatte.

Immer wenn ich merkte, dass nichts mehr ging, versuchte ich, ihn – wider meine Überzeugung – darin zu bekräftigen, dass er dann wohl kündigen müsse, wenn er sich so unwohl damit fühlte.

Ironischerweise hielt ihn genau dieses „Muss" aber wieder davon ab, es tatsächlich zu tun. Er antwortete dann am nächsten Tag – für mich immer wieder überraschend – er hätte es weder heute noch morgen vor, die Ausbildung hinzuwerfen, aber er behalte diese Möglichkeit im Auge. – Wenn er diesen Fluchtweg brauchte und trotzdem weiter machte, so sollte es mir recht sein.

So schwierig die Diskussionen teilweise liefen, so liebenswert konnte er auf der anderen Seite aber auch sein, sofern er gerade guter Laune war, also meist dann, wenn durch ein aufbauendes Gespräch mit Fremden sein Motivationstropf frisch nachgefüllt worden war. Ich stand ihm offenbar zu nah, als dass ich den Tropf hätte bedienen können.

In diesen aufwühlenden Zeiten waren die gut gelaunten Tage wie wertvolle Perlen, die ich so sehr sammelte wie seine humorvollen Geschichten, mit denen er niemanden so zum Lachen bringen konnte wie mich.

Entspannungspolitik

Es war inzwischen friedlicher geworden. Wir passten uns alle mehr aneinander an. Ich lief nicht mehr so oft in rote Tücher, und er passte besser auf, dass er meine Knöpfe nicht drückte. Ich stellte kaum noch Fragen und versuchte, keine Bemerkungen zur falschen Zeit mehr zu machen. Er dankte es, indem er weniger auf Rückzug ging und freundlicher zu mir war.

Die Entspannung war aber vor allem dem geschuldet, dass die leidige Zwischenprüfung vorüber war. Die Ausbildung ging weiter und er würde sich bei der Abschlussprüfung in eineinhalb Jahren endgültig beweisen müssen. Ich hoffte, dass er bis dahin etwas nachreifen konnte und mit der unweigerlich wieder auftretenden Anspannung besser würde umgehen können. Nun nutzten wir alle die Zeit, um tief Luft zu holen, bevor der Stress zurückkam.

Zu dieser Zeit hatte Faiaz' iranischer Schulkollege uns einmal besucht. Er wollte sich für die homöopathische Behandlung durch mich bedanken, indem er für uns ein aufwendiges persisches Essen zubereitete. Es gab Reis mit Lamm in Zucchini-Tomatensoße. Der junge Mann hatte zuvor eingekauft und eine schwere Tasche mit Lebensmitteln mitgebracht. Nach zweieinhalb Stunden Kochzeit, genossen wir gemeinsam das Essen. Javed, ein guter Freund von Faiaz, kam auch dazu. Wir waren sehr ausgelassen und es wurden ein paar Geschichten aus der Schule erzählt:

Bei der letzten Klassenfeier sollte jeder etwas zum Essen beitragen. Faiaz hatte für jeden Mitschüler ein Ei mitgebracht und forderte alle auf:

„Bitte esst meine Eier." Es entstand ein betretenes Schweigen, dann folgte Gelächter. Traurig war Faiaz darüber, dass zum Schluss so viele Eier liegen geblieben waren. Ein neuer Affront für ihn. Die Idee des Buffets für alle war ihm noch fremd.

Die nächste Geschichte kam von Javed. Er war in dieser Zeit gerade dabei, seinen deutschen Hauptschulabschluss zu machen, um dann eine Ausbildung zum Krankenpfleger zu beginnen. Als medizinischer Operationsassistent und in der Pflege war er in Afghanistan sehr gut gewesen. Er hatte viel Feingefühl und war sehr geschickt. Die Schule hier fiel ihm aber schwer, weil er sich nicht konzentrieren konnte. Deshalb half Faiaz ihm öfter bei den Aufgaben. Javed berichtete nun also von der Reaktion der Lehrerin auf seine Präsentation, die Faiaz - wie immer perfekt – für ihn vorbereitet hatte. Die Lehrerin, die die Fähigkeiten und Schwächen ihres Schülers kannte, hatte das natürlich schnell durchschaut. Aber sie ließ es durchgehen. Er war ein netter Kerl, und Krankenpfleger wurden schließlich dringend gebraucht. Ihr Kommentar dazu war nur:

„Sie bekommen hier einen Hauptschulabschluss. Sie brauchen keine Präsentation fürs Abitur zu machen."

Als der iranische Kollege kochte, erfuhr ich nebenbei, dass es nicht üblich sei, einer Frau in Afghanistan oder im Iran in der Küche zu helfen. Allein diesen Raum, der den Frauen vorbehalten ist zu betreten, sei fast so, als würde man in einen Damenumkleideraum eindringen. Keiner käme auf diese absurde Idee. Die Frauen liebten die Zeit miteinander und den Freiraum, den sie gemeinsam genossen. Endlich konnten sie sich ungestört zu allem äußern, besonders natürlich auch über ihre Männer lästern. Die Frauen empfänden das langwierige Kochen und kunstvolle Anrichten der Speisen für die Familie auch nicht als Belastung, selbst dann nicht, wenn sie selbst berufstätig waren. Das war die perfekte Konditionierung, dachte ich aus meiner deutschen Sicht.

Faiaz jedoch hantierte oft in unserer Küche. Er hatte mir schon beim Pizzabacken geholfen und machte sich an guten Tagen ein „Pfännchen" warm. Auch kochte er gerne Tee für alle.

Mit den Freunden sprachen wir dann auch über die unterschiedlichen Kommunikationsstrukturen, die zu durchschauen, einem Repräsentanten der jeweils anderen Kultur nicht leichtfällt. Ein treffendes Beispiel dafür war die folgende Geschichte:

Ein Afghane, den Faiaz von früher her kannte, hatte ihn über Facebook angeschrieben, nachdem er Statements zur politischen Lage in Afghanistan von ihm gelesen hatte.

Der Bekannte schrieb: "Du bist ja richtig erwachsen geworden." Dann erwähnt er, dass er sich gerne zurückerinnere, wie er Faiaz früher einmal finanziell geholfen habe, um dem hinzuzufügen, dass er sich nur zu melden brauche, wenn er mal wieder Hilfe brauchte.

Für unsere westlichen Ohren klang das freundlich und wohlwollend. Faiaz erklärte mir aber, dass sich in diesem Satz gleich drei Ehrverletzungen befänden:

1. Du bist groß geworden: Dabei hatte er ihn verniedlicht und so getan als wäre er noch ein Kind.

2. Die Erinnerung an die frühere Hilfe implizierte, dass er damals zu schwach war, um sich selbst helfen zu können und

3. Das Anbieten der künftigen Hilfe beinhaltete die Vermutung, dass er auch langfristig nicht in der Lage sein würde, allein zurechtzukommen.

Faiaz meinte: „Die Afghanen machen so etwas immer dann gerne, wenn sie das Gefühl haben, jemand erhebe sich mit Worten oder Taten über sie. Dann versuchen sie, ihn über derartige Bemerkungen klein zu halten bzw. auf ihre Ebene herunterzuziehen", erklärte er.

Im Kreuzfeuer

Vor kurzem hatte es wieder eine kleine Aufregung gegeben. Faiaz war samstags mit einer Bekannten in einem Zug in die nächste Stadt gefahren. An einem Vorortbahnhof trafen nach einem Fußballspiel Hooligans von zwei verschiedenen Mannschaften aufeinander. So kam es zu einer schweren Schlägerei zwischen den verfeindeten Gruppen. Der Fahrer verschloss die Türen, damit sich nicht noch mehr in die Schlägerei einmischen konnten. Währenddessen erlebte Faiaz von innen, wie junge Männer von außen an den S-Bahn-Waggons rüttelten. Er sah, wie Menschen am Bahnsteig verletzt wurden. Deshalb flüchtete er mit der Bekannten nach hinten in den Zug und wollte gerade durchs Fenster nach draußen schauen. Da schlug eine Faust gegen seine Scheibe, die zum Glück standhielt, und er kam mit dem Schrecken davon. Es hatte sich angefühlt wie im Krieg, meinte er hinterher. Zum Glück rückte schon bald Landes- und sogar Bundespolizei an und am Himmel kreiste ein Hubschrauber.

Dann wurden alle einzeln aus dem Zug hinausgeschleust, manche auch verhört sowie auf Waffen hin untersucht. Faiaz und die Bekannte ließ man aber schnell vorbeiziehen, denn sie passten nicht ins Bild der randalierenden Hooligans. Faiaz war während der gesamten Aktion sehr angespannt gewesen, denn auf keinen Fall wollte er als Geflüchteter im Asylverfahren namentlich in einer Polizeiakte erscheinen. Erst später bemerkte er, dass in seinem Rucksack ein Messer lag, „das Kneipchen" aus unserer Küche. Ich wunderte mich, warum er es mitgenommen hatte und erfuhr, dass die Freundin das letzte Mal einen Apfel und eine Banane dabeigehabt und beides mit ihm geteilt hätte. Das fand er schön und wollte sich dieses Mal revanchieren. Deshalb hatte er Obst und unser Messer dabei. Das wäre beinahe übel ausgegangen!

Zwischenpraktikum

Im September 2020 begann Faiaz' externes Praktikum in einer kleinen Gemeindeverwaltung auf dem Lande. Er wurde der Abteilung Soziales und Flüchtlinge zugeordnet. Es war die Zeit der Corona-Pandemie, und die Behörden reduzierten den Publikumsverkehr stark. So gab es nicht viel zu tun. Faiaz durfte am ersten Tag bereits nach drei Stunden wieder nach Hause gehen. Zu meinem Mann, der früher ebenfalls in der Gemeindeverwaltung gearbeitet hatte, meinte er:

„Jetzt weiß ich, warum du so jung geblieben bist, mein Lieber!" Ein kleiner Seitenhieb auf die Arbeitsmoral im öffentlichen Dienst. „Vor drei Jahren hätte ich das noch als normal empfunden, so rumzuhängen und wenig zu arbeiten. Mittlerweilen bin ich aber so deutsch geworden, dass ich es nicht mehr mag, ohne Arbeit dazusitzen und so schnell schon wieder nach Hause zu gehen", murrte er – und legte sich auf die Couch. Meiner Bitte, die Spülmaschine auszuräumen, kam er leider nicht nach.

„Warum eigentlich nicht?" fragte ich.

Dafür gäbe es keine Anerkennung, meinte er.– Stimmt! Das konnte ich nur bestätigen.

Kapitel 5

Eine Überraschung aus dem Morgenland

Faiaz hätte am liebsten sein komplettes Aussehen verändert, von der Haut- bis zur Haarfarbe alles auf westlich getrimmt, dann die afghanischen Wurzeln gekappt, um anschließend eine Verbindung zu einer blonden, hellhäutigen europäischen Frau einzugehen. Doch ließ diese Dame definitiv auf sich warten.

Eines Tages überraschte uns Faiaz mit der Frage, ob er Shamayel, die junge Frau, die er für seinen afghanischen Radiosender interviewt hatte, einmal zum Essen mit nach Hause bringen dürfte. Natürlich durfte er.

Und dann standen die beiden vor unserer Tür: unser quirliger, sichtlich aufgeregter Faiaz und eine junge Afghanin mit seidigen langen Haaren, tiefbraunen Augen und einem freundlichen Blick.

„Ich habe gehört, dass Sie es nicht leicht mit Faiaz haben", waren ihre ersten Worte. Ich war verwundert ob der unerwarteten Vertraulichkeit, die sie an den Tag legte, bekam aber sofort den Eindruck, eine Verbündete gefunden zu haben. Als sie so beieinanderstanden, kam mir der Gedanke, dass dies doch eine Frau für Faiaz werden könnte.

Später, als wir unseren Tee auf der Couch einnahmen, erfuhr ich, dass sie bei ihrer Ankunft in Deutschland vor 6 Jahren noch ihren Schleier getragen und all die Regeln befolgt hatte, die die islamische Tradition einforderte.

Als sie nun so neben uns saß, war sie bereits meilenweit davon entfernt und es ging mir so, wie es mir oft mit Menschen aus anderen Ländern ergeht. Man redet eine Weile miteinander. Dann schließlich denkt man nicht mehr daran, woher die Person kommt, sieht nur noch den Menschen selbst vor sich, als einen Teil der Menschheitsfamilie, so wie man selbst

Es stellte sich heraus, dass sie aus demselben Ort stammte wie Faiaz, was schon ein großer Zufall war. Sie hatte sogar im gleichen Fach studiert wie er. Viele gebildete junge Leute in Afghanistan wählen Politik und Recht. Das ergibt sich fast zwangsläufig aus den brennenden Fragen, die ihnen alle auf dem Herzen liegen, u.a. der, wie es sein kann, dass ein Land so lange schon in Krieg und Armut leben muss?

Ich wunderte mich, wie sie es als Frau allein nach Deutschland geschafft hatte und Shamayel erzählte uns ihre Geschichte.

2015 war die damalige deutsche Verteidigungsministerin zu Gast in Afghanistan gewesen. Dabei hatte sie auch afghanische Frauenrechtlerinnen im Deutschen Konsulat in Mazar-eSharif zur Lage der Frau in diesem von Männern dominierten Land befragt. Kurz vor Abschluss ihres Besuches wurden die jungen Frauen von ihr zu einem Besuch nach Deutschland eingeladen. Sie haben das sehr gerne angenommen. Unter ihnen war auch Shamayel. Die afghanischen Frauen waren vollkommen überrascht, wieviel besser sich das Leben für Frauen in Deutschland darstellte. So fassten drei von ihnen, darunter auch Shamayel, kurz vor Ende ihres Besuchs den spontanen Entschluss, Asyl zu beantragen. Sie hatten wahrgenommen, dass sie dem afghanischen Gefängnis entronnen waren und sich ein winziges Zeitfenster in eine bessere Zukunft aufgetan hatte, eine Zukunft, die eine große Chance für sie als Frauen barg. Ich konnte Shamayel so gut verstehen und fand sie zugleich sehr mutig.

So freute ich mich, als Shamayel schon wenige Tage später wieder in Begleitung von Faiaz vor unserer Tür stand.

Mir kam in den Sinn, was Faiaz alles unternommen hatte, um sein Aussehen europäischer erscheinen zu lassen. Er wollte damit seine Chancen auf einen blonden, hellhäutigen Engel erhöhen. Eines Tages hatte er mich sogar angefleht, ihm die Haare mit reichlich blonder Farbe zu färben. Wir hatten am Ende drei Packungen davon verbraucht, bis er etwas heller wurde. Aber mehr als die Farbe eines Eichhörnchens war ohne Bleichmittel nicht aus seinem schönen braunen Schopf herauszuholen.

Es schien also bei Faiaz ein Umdenken stattgefunden zu haben. Denn Shamayel kam in der Folgezeit öfter. Mir fiel auf, dass er mit ihr stundenlang über einem Referat für ihr Masterstudium brütete, woraufhin ich danach selbst noch ein paar Stunden daran saß, um die deutsche Grammatik wieder auf die Beine zu stellen. Meine inneren Alarmglocken begannen an diesem Tag zunächst sachte zu läuten – hier kam eventuell mehr Arbeit auf mich zu, als ich leisten konnte und wollte.

Die Glocken gingen in Stakkato über, als mir Shamayel schon bald die Frage stellte, ob sie mich nun auch Mama nennen dürfte. Ich zuckte regelrecht zurück. Denn schließlich wusste ich nur zu genau, was diese Auszeichnung künftig bedeuten würde: viel Arbeit und noch mehr befreundete Afghanen, die wie Pilze aus dem Boden sprießen würden, weil sie ihrerseits Hilfe bräuchten. Auch wollte ich den Begriff Mama keinesfalls inflationär verwendet wissen. So freundlich wie möglich lehnte ich die Bezeichnung Mama ab. Sie schlug mir dann „Tante" als Anrede vor, um den Respekt vor mir zu wahren. Das klang in meinen Ohren aber auch seltsam, weshalb ich sie lachend bat, es einfach mit „Monika" zu versuchen. Dabei beließen wir es. Respekt hat sie mir dennoch weiterhin erwiesen.

Was Shamayel und Faiaz betraf, erkannte ich, dass es
spannend wurde und in eine doch etwas unerwartete Richtung
lief.

Erwachsenwerden in Zeiten von Corona

Im Januar hatte ein neues Virus begonnen, sich in der Welt zu verbreiten. Noch konnte keiner die Folgen einschätzen. Nach einer Beruhigung im Sommer überschlugen sich die Ereignisse aber im November und führten zu einem 2. Lockdown. Das Flüchtlingsthema geriet dadurch ziemlich in den Hintergrund, denn die Angst vor einer Ansteckung erreichte ihren Höhepunkt. In dieser Zeit gab es sehr wenige Umarmungen. Die Gesellschaft verlor ihr Lächeln unter der Maske.

Da die Restaurants, Bars und Kinos geschlossen waren, gab es für junge Menschen keine Möglichkeiten, Kontakte zu knüpfen. Viele waren verzweifelt, zumal ein Ende dieser für alle traurigen Zeiten nicht erkennbar war.

So wäre dies auch für Faiaz und Shamayel eine sehr einsame Zeit geworden. Aber zum Glück hatten sie sich gerade noch rechtzeitig vor dem Lockdown gefunden und rückten langsam ein Stück näher zusammen. Immer öfter nun traf sich Faiaz mit Shamayel in der Stadt. Es sah so aus, als könnte unser Kuckuckskind endlich den Sprung aus dem Nest wagen, gut gefedert durch ein bereitstehendes Ersatznest. Doch davor waren – wie es sich bald herausstellen sollte – erst einmal andere Schritte notwendig.

Auch wenn er nicht darüber sprach, so schien es für Faiaz inzwischen nicht mehr allzu abwegig zu sein, eine dauerhafte Verbindung mit einer Afghanin einzugehen.

Dann kam der November. Er war in jeder Hinsicht nervenaufreibend. Shamayel musste die traurige Nachricht verkraften, dass ihr Vater in Afghanistan plötzlich und unerwartet verstorben war. Dies war natürlich ein großes

Drama! Denn sie hatte nicht einmal die Möglichkeit, zu seiner Beerdigung zu fahren und der verzweifelten Mutter beistehen zu können. Das hätte sonst zwangsläufig zum Verlust ihres Flüchtlingsstatus geführt. Es war, als hätte sich das Schicksal, das sich zunächst von einer eher sonnigen Seite zu zeigen schien, nun entschieden, es den beiden doch nicht gar zu gemütlich zu machen.

Endlos fließende Tränen wurden getrocknet, und mir fiel auf, dass Faiaz fortan nur noch an Shamayels Seite war. Er gab ihr Trost und half ihr bei ihrem Studium, das ohne Präsenzunterricht – und bei all der Trauer – immer mehr zur Belastung für sie wurde. So dachte sie schließlich sogar darüber nach, es aufzugeben, um ebenfalls eine Ausbildung zu machen, mit echten Mitschülern und Lehrer:innen, wie sie hoffte. Und Faiaz unterstützte sie bei ihren Überlegungen.

Ich erkannte einmal mehr, dass Faiaz und ich verwandte Seelen waren. So wie ich mich gerne um andere sorgte und kümmerte, so tat er es mit anderen Menschen auch. Er wollte auf diese Art weitergeben, was er durch mich erhalten hatte, sagte er einmal. Er hatte seinem Freund, dem Krankenpfleger, dabei geholfen, einen Hauptschulabschluss zu bekommen. Nun half er Shamayel, das so schwer gewordene Leben etwas leichter zu nehmen.

Manchmal dachte ich in dieser Zeit an das Gespräch zurück, das ich mit dem pensionierten Psychotherapeuten geführt hatte. Dann fühlte ich, wie gut es gewesen war, nicht in den Lauf der Dinge einzugreifen, sondern abzuwarten, wie sich alles entwickelte. Der Therapeut hatte damals gespürt, wie sehr ich unter den depressiven Episoden von Faiaz mitgelitten hatte und es als meine dringende Aufgabe angesehen, den ausgewachsenen Kuckuck aus dem Nest zu werfen. Aber damals war er noch nicht ganz flügge und hätte es nur schwer allein geschafft. Nun hatte er eine junge Frau an seiner Seite, mit deren Hilfe er es bewältigen konnte. Auch wenn er sich beschwerte, dass afghanische Frauen von sich aus schwach seien und nun noch mehr Verantwortung auf seinen Schultern ruhte, merkte ich, dass es ihm Kraft gab, in einer Beziehung zu leben. Und ich selbst empfand Shamayel als recht starke Frau. Ich sah, wie sie als afghanische Frau den Mann einerseits mehr gewähren ließ und weniger Fragen stellte, aber ihn durchaus auf ihre Art zu beeinflussen wusste.

Allein zu leben, das ist in Afghanistan kaum denkbar. Es ist ein Modell unserer westlichen Individualgesellschaft. Dennoch hatte es Faiaz in seinem Land damals geschafft und war als Freidenker froh gewesen, auf eigenen Füßen zu stehen. Hier aber, unter Verhältnissen in Deutschland, die sich ihm noch immer nicht ganz erschlossen, war der Prozess der Loslösung leichter mit einer vertrauten Person zu bewältigen, die bereit war, das Leben mit ihm zu teilen. Auch wenn es ein Leben unter erschwerten Bedingungen war, voller Trauer, gemischt mit Heimweh und Motivationsverlust.

So kamen sich die beiden oft vor wie menschliche Maschinen, die nur noch arbeiteten, aßen und schliefen. Es war nicht einfach für die beiden, sich emotional über Wasser zu halten. Und langsam, aber unaufhaltsam rückte die gefürchtete Abschlussprüfung näher, was Faiaz zusätzlich zu allem anderen ziemlich bedrückte.

Eines Abends kam er wieder einmal ausgesprochen traurig nach Hause. Ich versuchte das schnell entstandene Gesprächsvakuum mit Fragen zur Woche zu füllen, bis er mir sagte, er fühle sich gerade wie vor einem Tribunal. Als ich merkte, in welcher Stimmung er war, habe ich die Zimmerbeleuchtung größer geschaltet, da ich ja mittlerweile wusste, wie schlecht er sich bei gedimmtem Licht fühlte. Ich bat ihn, sich einfach mit seinem Smartphone auf die Couch zu legen, warm einzukuscheln und alle würden wieder ihren zuvor begonnenen Beschäftigungen nachgehen, gerade so als sei er gar nicht da. Da lachte er und sagte, das sei wirklich gut gemeint, aber dann würde er sich wieder Gedanken machen müssen, was wir jetzt von ihm dachten und darüber grübeln, ob wir unzufrieden wären, weil wir andere Erwartungen an ihn gehabt hätten.

Ich sagte, er solle nicht zu viel denken; alles sei gut so, wie es war. Vielleicht lockerte ihn das ein wenig auf, denn daraufhin nahm er das Gespräch von sich aus wieder auf. Wir sprachen über die große Weltpolitik. Seine eigenen Probleme gelangten so in den Hintergrund, und es machte ihm sichtlich Freude, seine Ansichten mit uns zu teilen. So wurde es wider Erwarten doch noch ein entspannter Abend bei einem Thema, das uns schon oft beschäftigt hatte: die Ungleichheit in dieser Welt, die Schere zwischen Arm und Reich und dass unser westlicher Wohlstand nur möglich war, indem andere Länder in Armut lebten, zwei Seiten einer Medaille. Es ging auch darum, wie gefährlich die Einstellung vieler Geflüchteter war. Sie dachten, der Westen habe seit Jahren in Wohlstand und Frieden gelebt, während er gleichzeitig durch Waffenverkäufe dafür gesorgt habe, dass die Kriege und Bürgerkriege in ihren Herkunftsländern weiterliefen. Nun kamen einige und nahmen sich die Freiheit, auch an unserem Wohlstand zu partizipieren, und zwar mit all ihnen zur Verfügung stehenden Mitteln. In Form von Schwarzarbeit, über kriminelle Handlungen und günstigstenfalls über das Finden von Gesetzeslücken, um unseren Staat so weit wie möglich auszunutzen.

Dies ist eine Sichtweise, die mir nicht gefällt, da ich an das Gute im Menschen glauben möchte und man ja meist bestätigt findet, was man sucht. Es ist für mich eine Krücke, *um die befleckte Schönheit dieser Welt ertragen zu können*, wie es der Dramatiker Sophokles mittels der mythischen Gestalt seiner Antigone so schön formuliert hat.

Auf meinen Einwurf, dass doch bei all unserem Tun und Lassen das Wichtigste sei, sich morgens im Spiegel ohne Scham in die Augen blicken zu können, erwiderte mir Faiaz, dass viele ungebildete Geflüchtete genau *das* gut könnten, wenn sie den Staat ausnutzten oder gar auf krummen Wegen zu Geld kämen. Sie fühlten sich als ewig Geknechtete gegenüber ihren vermeintlichen Peinigern leider absolut im Recht.

Faiaz meinte: „Ich habe die Gesetze von Deutschland studiert. Sie sind nicht auf der Seite der Geflüchteten. Deshalb ist es verständlich, wenn sie versuchen, Löcher im Gesetz zu finden, um wenigstens diese zu nutzen."

Mir wurde die Tragweite all dieser Äußerungen bewusst, als Faiaz in den Raum stellte, dass die Masse derer, die das so sieht durchaus groß ist und dass sich einige von ihnen leicht durch Demagogen verführen lassen könnten, um Zerstörung und Tod in unser Land zu bringen. Das bereitete Faiaz große Sorgen. – Die folgende Nacht schlief dann auch ich nicht sonderlich gut.

Bitte such mir eine Wohnung, denn sie nehmen keine Afghanen

Es ist wieder viel geschehen. Nachdem Faiaz und Shamayel verzweifelte Versuche unternommen hatten, eine gemeinsame Wohnung zu finden und sie noch nicht einmal einen Besichtigungstermin erhalten hatten, habe ich mir Gedanken gemacht, wie ich sie dabei unterstützen könnte.

Schließlich kam mir eine Idee: Ich setzte als Patenmutter eine Musterantwort für Wohnungsangebote auf, in der ich die beiden liebevoll beschrieb. Und siehe da, nun kamen gleich mehrere freundliche Einladungen zu Wohnungs-besichtigungen und innerhalb kürzester Zeit sogar der ersehnte Mietvertrag von einem sehr netten Vermieter-Ehepaar, das ihnen kurz darauf sogar noch eine Küche einbauen ließ. Wieder einmal stellte sich heraus, um wieviel vertrauenswürdiger ein Ausländer erscheint, sobald eine deutsche Person an seiner Seite steht.

So hätte alles so schön enden können. Jedoch ließ ein Blick hinter die Kulissen keinen Zweifel daran, dass der äußere Schein von Glück und Zufriedenheit bisweilen trügt. Denn Shamayel stand, wie zu erwarten, unter dem Druck der afghanischen Konventionen, die einer Frau in ihrem Alter vorschreiben, sich zu verheiraten, schon gar, wenn sie bereits mit einem Mann in einem gemeinsamen Haushalt zusammenlebte, was die Traditionen ohnehin nicht gestatteten. Shamayel wollte eine Liebesheirat mit einem freien afghanischen Mann, Faiaz hingegen hatte eine offene Beziehung nach westlichem Vorbild gesucht, ohne den Druck einer gesetzlichen Legalisierung. Nun mussten sie beide den perfekten Kompromiss finden: Shamayels Aufgabe schien es zu sein zu lernen, die traditionelle Leine etwas lockerer zu lassen und er, die Verantwortung dafür zu übernehmen, dass er sich auf ein Abenteuer mit einer afghanischen Frau eingelassen hatte. Ich denke, sie wird ihm ein Stück Richtung Westen entgegenlaufen und er etwas zurück gen Osten gehen müssen.

Ich hatte aber das Empfinden, sie zögen beide an einem Gummiband, nur leider in entgegengesetzte Richtungen. Das Thema war so brisant, dass es uns an späterer Stelle noch einmal beschäftigen wird.

Auch zu dieser Zeit gab es noch keinerlei Bewegung beim Verwaltungsgericht. Faiaz' Klageverfahren war nach wie vor unentschieden. Man konnte sich des Eindrucks nicht erwehren, dass die Politik keine Afghanen wollte. Es war für uns alle schwer auszuhalten. Faiaz beschrieb den Wahnsinnsdruck, unter dem er stand, einmal so, dass es sich für ihn anfühlte, als würde er jeden Tag ein bisschen mehr sterben. In diesem Land, in dem er Steuern zahlte, fühlte er sich immer noch unerwünscht und hatte doch nicht die Wahl, in seine Heimat zurückzukehren. Eine Heimat, die längst keine mehr für ihn war und die ihn bei Rückkehr sogar als gefährlich, weil mit westlichem Gedankengut „verseucht", ansehen würde.

Er empfand oft eine große Ungerechtigkeit gegenüber all denen, die zufällig hier geboren worden waren, die nach ihrem Studium viel Geld verdienten, ohne noch einmal klein anfangen zu müssen. Er fühlte sich hier wie im Monopoly-Spiel: „Gehen Sie zurück auf Los. Aber ziehen Sie nicht 4000 Euro ein." All meine Versuche, seine Sichtweise zu ändern, schlugen fehl. Ich bemühte mich, ihm klarzumachen, dass auch er die Möglichkeit hatte, bei seinem Spiel des Lebens in der Parkstraße anzukommen oder wenigstens ein paar Straßen davor. Er war noch so jung. Aber wieder einmal zerbrach er fast an der Frage: Warum gerade ich? – Dass das Leben nicht gerecht ist, war für ihn keine Option.

Dass diese Grundsatzfragen gerade jetzt wieder im Raum standen, schien für mich aber nur Teil eines Ablenkungsmanövers von der aktuell wichtigeren Frage zu sein: Würde er die nötige Motivation für den Endspurt vor der Prüfung aufbringen, und wie würde sie ausgehen?

Es blieb also spannend. Dennoch war ich nicht mehr so tief involviert, da Faiaz inzwischen in den Besucherstatus gewechselt hatte. Er wohnte schließlich nicht mehr in unserem Wohnzimmer. Nun konnte ich wieder der rettende Anker sein und war nicht mehr Teil des schwankenden Bootes selbst.

So konnte ich Faiaz beruhigen, dass er weder für seinen Chef noch für mich, sondern ausschließlich für sich selbst diese Prüfung bestehen würde. Er selbst konnte das damals nicht so sehen. Als potenziellen Notausgang brauchte er bis zum letzten Moment noch die Möglichkeit des Abbruchs der Ausbildung.

Sein Plan B war es, mit seinem Bachelor-Abschluss in einer Anwaltskanzlei zu arbeiten, wie eine andere Afghanin, die wir eines Tages in der Bahn getroffen hatten. Aber da sein alter Abschluss bei der völlig anderen Gesetzeslage in Deutschland nicht sehr nützlich gewesen wäre, hätte er bestenfalls als Rechtsanwaltsgehilfe arbeiten können. Er wäre damit noch viel weiter von der angestrebten Parkstraße entfernt gewesen. Nur wollte er das nur ungern hören.

Nach derartigen Gesprächen, bei denen er mit mir haderte, als wäre ich der Verursacher seines Schicksals, waren wir beide erschöpft. Ich war froh, wenn er danach zurück zu seiner eigenen Wohnung fuhr. Neu war, dass er mich inzwischen immer beruhigte. Ich solle mir keine Sorgen machen. Irgendwo müsste er schließlich seinen Frust herauslassen. Wo wäre das, wenn nicht daheim? Er begann sich auch öfter dafür zu bedanken, dass wir ihm immer so geduldig zuhörten. Faiaz schien wirklich erwachsen zu werden.

Westöstliche Zerrissenheit

Ich habe manchmal den Eindruck, afghanische Jungen sind wie kleine Prinzen, die kaum Widerstände kennen, weil sie so erzogen werden. Besonders wahrscheinlich die Erstgeborenen.

Unser Prinz hatte auf eine grenzenlose Freiheit gehofft und sie zunächst doch eher mit Unverbindlichkeit verwechselt. Spätestens dadurch war er auf unvermeidliche Widerstände gestoßen. Denn er hatte mit dieser Einstellung – und auf der Suche nach einer europäischen Frau – stattdessen eine hübsche Afghanin gefunden. Ihre Wertvorstellungen waren aufgrund ihrer Bildung westlich ausgerichtet. Auch war sie hocherfreut darüber, das seltene Exemplar eines fortschrittlichen afghanischen Mannes gefunden zu haben. Nur wich der Grad des Unabhängigkeitswunsches teilweise so stark voneinander ab, dass Probleme vorprogrammiert waren. Unser ins neue Nest transplantierte Prinz war enttäuscht, weil sich die Freiheit, die ihm die westlichen Medien auf seinem Smartphone vorgegaukelt hatten, nicht unbedingt mit der Realität deckte.

Zwar war Shamayel in religiöser und frauenpolitischer Sicht sehr liberal eingestellt, gleichzeitig aber auch den Traditionen ihrer Familie so stark verbunden, dass es sie in immer tiefere Konflikte stürzte, mit ihrem Partner unverheiratet zusammenzuleben. Sie wusste, dass ihrer Familie aus ihrer afghanischen Perspektive heraus das Verständnis dafür völlig fehlte. Das konnte ihr nicht gleichgültig sein.

„Die Verheiratung der eigenen Kinder stellt in einem Land, in dem Abstammung als wichtigste persönliche Qualifikation angesehen wird, die Hauptstrategie für die Kontrolle politischer wie wirtschaftlicher Ressourcen dar", schreibt Conrad Schetter in seinem kleinen Buch über Afghanistan.[18]

Dass die Lage für eine junge geflüchtete Afghanin, die nun in einem westlichen Land lebte, und zudem einer neuen aufgeklärteren Generation angehörte, eine völlig andere war, ist besonders in den Köpfen der Eltern und Brüder noch nicht angekommen. Denn die afghanische Zeit lief wie überall auf der Welt in ihrem üblichen Rhythmus weiter und beschleunigte sich nicht dadurch, dass die Kinder durch ihre Flucht in die Vorstellungen des Westens katapultiert worden waren.

Und so wuchs der Druck der jahrtausendealten Tradition, den afghanischen Prinzen schnellstmöglich mit einem Ring in die Pflicht zu nehmen, zumal die Prinzessin davon ausgehen konnte, dass der Auserwählte das deutsche Zepter in Form einer bestandenen Prüfung zum Verwaltungsfachangestellten schon bald fest in der Hand halten würde. Auch das Trauerjahr um den geliebten Vater würde bald verstrichen sein, denn sie wollte unbedingt ausreichend Abstand zu dem freudigen Ereignis der Verlobung einhalten. Aber noch zierte sich der Prinz. Auch war das Geld knapp und allein die Verlobung, die fernab des in Deutschland verweilenden Paares zunächst zwischen den Familien in Afghanistan stattfinden musste, würde sich zur teuren Angelegenheit entwickeln.

Was blieb, war Frust und ein bis zum Reißen gespannter Geduldsfaden auf ihrer Seite sowie ein Verdrängen und Vertrösten auf bessere Zeiten auf Faiaz' Seite. Dazu fällt mir ein persisches Märchen ein, das er mir einmal erzählt hatte:

Der König versprach demjenigen einen Sack voll Gold, der in der Lage wäre, seinem Esel das Sprechen beizubringen. Es fand sich schließlich einer, der vorgab, dieses Kunststück zu meistern. Der stellte aber die Bedingung, dass man ihm das Gold im Vorhinein gab. Er versprach im Gegenzug, dass der Esel in drei Jahren sprechen könnte. Ein Freund fragte den jungen Mann daraufhin, wie er dazu käme, ein derartiges

Versprechen abzugeben. Da antwortete dieser fröhlich: „Kein Problem, bis dahin ist entweder der König oder der Esel tot."

Manchmal denke ich, dass dies eine der Leitparabeln in Faiaz' Leben war, und eventuell nicht nur von ihm, sondern von vielen Menschen aus dem persisch-asiatischen Kulturkreis.

Diese Geschichte passte auch zu einem Land wie Afghanistan, in dem 40 Jahre lang Bürgerkrieg geherrscht hatte. Man lebte von einem Tag auf den anderen und dachte nicht an die Zukunft, die doch so ungewiss war. Und sie passte zu einem muslimischen Menschen, der im Hinterkopf sein ewiges „Inshallah" hat. Wenn Gott will, dass wir heiraten, wird er es schon richten. In diesem Punkt verhielt sich Faiaz so afghanisch wie der älteste Afghane und konnte doch nicht verstehen, wenn die Freundin selbst noch in ihren Traditionen verhaftet war. Man durfte gespannt sein, welchen Kompromiss sich die beiden erarbeiten würden.

Kapitel 6

Und es hat sich doch gelohnt – Ausgeflogen

Inmitten von all dem Umzugsstress und Zusammenraufen hatte im Sommer 2021 das Ereignis des Jahres stattgefunden: die so sehr gefürchtete Abschlussprüfung. Und nach den monatelangen Erwartungsspannungen war tatsächlich alles gut gegangen. Dies war insbesondere auch der Tatsache geschuldet, dass der Chef der Evangelischen Regionalverwaltung Faiaz nicht nur in den Mittagspausen seine Zeit zur Verfügung stellte, sondern ihn auch in seiner Freizeit höchstpersönlich sehr intensiv auf die alles entscheidende Prüfung vorbereitete. Angesichts seiner Termine und der Verantwortung, die der Chef zu tragen hatte, dürfte das wirklich einzigartig gewesen sein. Und das Ergebnis konnte sich sehen lassen. Wie erwartet war die mündliche Prüfung das Highlight: eine schöne Eins. Faiaz berichtete, er hätte in der Prüfung noch so viel mehr zu sagen gehabt, aber nach seinen ausführlichen Darlegungen hatten ihm die Prüfer bestätigt, dass er sein umfassendes Wissen über Verwaltungsakte nun wirklich bewiesen hatte. Damit wurde er in einen der schönsten Nachmittage seines deutschen Lebens entlassen.

Allen Beteiligten, zuvorderst ihm, mir und seinem Chef fielen Lasten vom Herzen, die man bis Afghanistan plumpsen hören konnte, und wir feierten glücklich bei Torte und Sekt sein neues Leben als Verwaltungsfachangestellter.

Ebenso wie ich blickte der Chef stolz auf Faiaz. Wir beide waren sehr glücklich darüber, einen Beitrag geleistet zu haben, um Faiaz eine gute Grundlage für seine Zukunft in Deutschland zu bereiten.

In Faiaz' Wesen stellte sich nach der bestandenen Abschlussprüfung eine Veränderung ein, die bald allen auffiel. Es schien, als würde er sich erst jetzt als vollwertiger Mensch fühlen. Es war als hätte man ihm eine Zentnerlast von den Schultern genommen, wodurch er locker ein paar Zentimeter größer geworden war.

Die nette Sekretärin, die Faiaz besonders ins Herz geschlossen hatte, kommentierte die bestandene Prüfung mit den Worten: „Nun genießen Sie keinen Welpenschutz in der Regionalverwaltung mehr." Es dauerte eine Weile, bis Faiaz diese Metapher verstand und herzlich darüber lachen konnte. Sie entwickelte sich dann zum *Running Gag*, wenn er der Sekretärin in der Folgezeit begegnete.

„Nein, ich bin bestimmt kein Schoßhündchen mehr!" lachte er dann. Diesen Status hatte er nur zu gerne gegen den des anerkannten Verwaltungsfachangestellten ausgetauscht und sah sich fortan eher als Salonlöwen.

Nun fehlte nur noch ein positiver Asylstatus. Doch da tat sich nicht viel. Nur die Geflüchteten, die asylrechtlich eher schlechte Chancen hatten, die man aber nicht in die Armut ihres Heimatlandes abschieben konnte, erhielten nun zum Teil Abschiebeverbote für ein Jahr. Dazu mussten sie glaubhaft belegen, dass in ihrem Heimatland niemand für sie sorgen konnte. Es waren Schnellverfahren ohne mündliche Anhörung. Da die meisten Geflüchteten arbeiteten, waren es zurzeit *sie*, die für ihre Lieben in der Heimat sorgten. Diese Form der Entwicklungshilfe, die direkt bei den Familien ankommt, gilt als die effektivste[19]. Sie bleibt nicht in irgendwelchen korrupten Kanälen hängen und rettet dadurch wirklich Menschenleben.

Da Faiaz zumindest Chancen auf ein Bleiberecht aus humanitären Gründen hatte, weil für ihn bei seiner Rückkehr eine Gefahr für Leib und Leben bestünde, musste er auch weiterhin warten und wie sich bald herausstellte, sollte dieser Teil der Akten wieder einmal völlig auf Eis gelegt werden. Die Wahrscheinlichkeit war groß, dass er den Gerichtsentscheid zwei Jahre später nicht mehr brauchen würde, nämlich dann, wenn er 60 Monate in das deutsche Rentensystem eingezahlt haben würde. Auch dies war ein Weg, eine Niederlassungserlaubnis zu erhalten.[20]

Eine weitere Möglichkeit wäre auch die Eheschließung mit Shamayel gewesen, die immer mehr ins Zentrum der gemeinsamen Überlegungen rückte. Allerdings geschah dies weniger im Hinblick auf ein Bleiberecht, als auf die für Shamayel unerträgliche Situation gegen ihre Traditionen zu verstoßen.

Liebe ist nicht nur ein Gefühl, sie ist auch eine Entscheidung, schrieb der Psychoanalytiker und Philosoph Erich Fromm. Und diese Entscheidung sollte bald näher rücken.

Afghanistan an einer Zeitenwende – zwanzig Jahre zurück in die Vergangenheit

Die offizielle Mission der NATO war nach dem 11.9.2001 die der Terrorbekämpfung. Daneben wollte man aber auch das Land bei der Installation eines Machthabers unterstützen, der dem Westen passte. Mit ihm sollte eine ähnliche Version von Demokratie wieder hergestellt werden, wie es sie bereits in den 60er und 70er Jahren schon einmal gegeben hatte. Nur hatte man dieses Mal die Afghanen selbst zu wenig dabei einbezogen. Es war eine Demokratie, wie man sie in Brüssel und Washington für Afghanistan entworfen und diesem Land aufgesetzt hatte, während man gleichzeitig Jagd auf die Taliban gemacht und den Afghanen versprochen hatte, für ihre Sicherheit zu sorgen.[21] Dies alles war für sie sehr verwirrend. Auch kamen bei den NATO-Operationen immer wieder Zivilisten ums Leben. In einem Land, in dem Blutrache üblich ist, sorgte das für gehörige Missbilligungen und Racheaktionen. Die anfängliche Freude über die Anwesenheit der NATO wich schon bald einer tiefen Frustration. Die Afghanen hatten sich neben der Sicherheit auch den Wiederaufbau zerstörter Infrastrukturen versprochen. Nun hatte man erkannt, wie wenig die fremden Soldaten auf die afghanischen Bedürfnisse einzugehen bereit waren, wie wenig sie überhaupt mit der Lebensweise der Afghanen vertraut waren. Mit der Arroganz der Überlegenen behandelte die NATO das Land und brauchte Jahre, um zu begreifen, wie wichtig es war, die Herzen der Afghanen zu gewinnen und sich in deren Köpfe einzufühlen.

Für die Amerikaner war ihre Hauptmission eigentlich schon 2011 beendet, in dem Jahr als man Osama bin Laden in Pakistan getötet hatte. Dennoch waren sie geblieben. Sie konnten damit allerdings nicht verhindern, dass die Taliban schnell wieder an Stärke gewannen und auch die Regierung infiltrierten.

Zudem konnte die NATO nichts dagegen tun, dass auch die neue Regierung korrupt blieb. Sowohl der Machthaber als auch sein Opponent wurden im Hintergrund von unterschiedlichen Ländern und deren Geheimdiensten mit Geldern unterstützt. So bekämpften sie sich untereinander, wodurch das Land am Boden gehalten wurde. Genau an dieser Instabilität hatten viele Länder aus geostrategischen Aspekten heraus ein großes Interesse.

Wie viele arme Länder steckte Afghanistan traditionell in korrupten Strukturen fest. Jeder verdankte seine Stellung der Tatsache, dass er von denen, die unter ihm standen „geschmiert" wurde, um diejenigen, die im Rang über ihm standen, korrumpieren zu können. Nur so konnte die eigene Machtposition erhalten werden. Gefördert wurde das auch dadurch, dass es bei der demokratischen Regierung kein Parteiensystem gab. Man konzentrierte sich zu sehr auf einzelne Machthaber.

Durch die Kriege der letzten 4 Jahrzehnte war zudem ein Großteil der Jugend ohne Bildung aufgewachsen. Im Jahr 2018 waren es 57 %, die meisten davon Mädchen und Frauen. Das hatte Afghanistan in seiner Entwicklung massiv zurückgeworfen. Als ein Land, in dem die unterschiedlichsten Armeen und Religionen gekommen und gegangen waren, hielt es starr an seinen Traditionen fest. Sie waren das Einzige, was ihm Stabilität verlieh.[22] [23]

Nach 20 Jahren Besatzung hatte die NATO im August 2021 dann – sehr überstürzt und ohne Vorkehrungen für ihre helfenden Ortskräfte zu treffen – Afghanistan verlassen. Man rechnete damit, dass während des gesamten NATO-Einsatzes allein zwischen 2009 und 2020 111.000 Zivilisten getötet worden waren.[24]

Durch das nach dem Truppenabzug der NATO entstandene Machtvakuum hatten die Taliban unterdessen in kürzester Zeit, und ohne auf größeren Widerstand zu stoßen, die Herrschaft übernommen. Nur im Pandschirtal leistete Ahmad Massoud, der Sohn des ermordeten ehemaligen Freiheitskämpfers und Warlords Ahmad Shah Massoud mit seinen Milizionären noch für kurze Zeit Widerstand. Dann jedoch musste auch er ins benachbarte Tadschikistan flüchten.

Die genauen Hintergründe dafür, warum es so wenig Gegenwehr gegen die Taliban gab, blieben im Dunkeln. Es schien so, als hätte der oberste Befehlshaber der afghanischen Armee seinen Streitkräften den Befehl zur Waffenniederlegung gegeben. Die Rolle des Präsidenten blieb dabei undurchsichtig. Offensichtlich hatte es sich bei der angeblich so demokratischen Regierung von Afghanistan doch nur um eine korrupte Marionettenregierung gehandelt. Diejenigen, die die Fäden in der Hand hielten und immer noch halten, die USA, Pakistan, aber auch China, der Iran, Saudi-Arabien sowie einige andere Länder, wissen zu verhindern, dass Afghanistan befriedet werden könnte. All diese Länder vertreten ausschließlich eigene Interessen in diesem „failed state"[25].

China, das dabei war, sich als Weltmacht zu etablieren, war das erste Land, welches das neue Taliban-Regime anerkannt hatte. Es wollte davon profitieren, dass unter dem Schutz der Taliban über eine Pipeline wertvolles Öl vom Iran nach China transportiert wurde. Und der Iran freute sich unter den Taliban auf größere Wassermengen, die über das Wasserkraftwerk am Helmand Fluss seit dem Putsch durch die Taliban nun wieder vermehrt in den Iran flossen. Die Taliban hatten die Schleuse dafür wieder geöffnet, und *das* sicher nicht umsonst.

Doch was bedeutete das alles für die Bevölkerung in Afghanistan, und ganz besonders für Faiaz' und Shamayels Familie? Die Bedrohung durch die Taliban war für sie mit der Machtübernahme stark gewachsen. Schließlich stand der ehemals nicht kooperierende, in den Westen geflüchtete Sohn immer noch auf ihrer Liste. So etwas vergaß man nie. Außerdem war Faiaz' Mutter Lehrerin und unterrichtete an einer Mädchenschule, was nun absolut unerwünscht war. Die Schwestern hatten Abitur und eine der beiden sogar eine abgeschlossene Hebammenausbildung. Sie galten damit als Gebildete und entsprachen nicht dem archaischen Bild der Frau, für das die Taliban standen. *Sie* wollten vielmehr, dass die Zustände von vor zwanzig Jahren mit Nachdruck und unter Waffengewalt wieder herbeigeführt wurden.

„Vielleicht werden die Frauen jetzt wieder ins Dunkel gezwungen, vor Blicken versteckt, ihre Talente ihrem Land und ihren Gemeinschaften vorenthalten; aber das, was sie bereits wissen, lässt sich nicht mehr auslöschen", schrieb Margaret Atwood in ihrem Vorwort zu dem Buch ‚Wir sind noch da'.[26]

Nun also sollten die Schwestern dazu verdammt sein, zu Hause zu bleiben und ein verlorenes Leben zu führen. Schlimmstenfalls würde ein junger Talib auf die Idee kommen, eine von ihnen zu heiraten. Deshalb verhielt man sich so unauffällig wie möglich und überlegte fieberhaft, wie man das Beste aus diesem Rückschritt machen oder das sinkende Schiff unauffällig verlassen konnte.

Zu alledem gehörte Faiaz' Familie auch noch der falschen Ethnie an, sie waren Tadschiken und nicht Paschtunen wie die Herrschaftsriege der Taliban. Das allein würde schon ausreichen, um ihnen das Leben künftig schwer zu machen. Dazu kam der akute Geldmangel, da die Gehälter der Mutter und des Vaters weggebrochen waren. Man rechnete für alle

Afghanen mit einer großen Armutswelle, die entsprechend auch eine weitere Flüchtlingswelle nach sich ziehen würde.

Dabei hatte es immer geheißen, die Probleme seien vor Ort zu lösen, damit nicht so viele Flüchtlinge gezwungen wären, sich auf den beschwerlichen Weg in den Westen zu machen. Doch waren das alles leere Worte, wie man jetzt sah, denn die Probleme waren die letzten 20 Jahre erst vor Ort geschaffen worden.

Nur kurz hatte für Faiaz die Freude über die bestandene Prüfung gewährt. Schon taten sich mit dieser politischen Entwicklung neue Schwierigkeiten für ihn auf. Seine zwischenzeitlich von Nordafghanistan nach Kabul geflüchtete Familie ließ sich unter den gegebenen Umständen nicht länger verdrängen. Faiaz' Albträume mehrten sich wieder, und er versuchte verzweifelt, seine Familie zu retten. Ich half ihm dabei, Briefe an das Auswärtige Amt zu schreiben, um seinen Lieben eine Chance einzuräumen, auf die Liste der durch die Luftbrücke zu rettenden Personen zu kommen. Doch dies war fast aussichtslos.

Rechtsanwälte wurden befragt, das BAMF angeschrieben und sogar Abgeordnete als Vermittler eingeschaltet. Wir waren damit rund um die Uhr beschäftigt. Die Chancen, auf die begehrten Listen gesetzt zu werden, waren sehr gering. Das BAMF schrieb höflich zurück, sie seien erst zuständig, wenn die Familie hier wäre, – also im Falle einer Flucht.

Es hieß, dass nur die Ortskräfte mit ihren Angehörigen, also die Afghanen, die den Deutschen geholfen hatten, eine Chance hätten, in die wenigen Rettungsflugzeuge zu gelangen. Und wie sich bald herausstellte, sollte Deutschland sogar darin scheitern, weil die Regierung zu lange mit der Planung der Ausreise ihrer Helfer gewartet hatte. Es wäre zynisch zu denken, auch das wäre politisch gewollt, aber immerhin standen in Deutschland die Wahlen vor der Tür. Und einmal mehr wurde von den Medien die Angst geschürt, es könnte sich das Jahr 2015 mit seinem großen Flüchtlingsstrom wiederholen. Meine Angst war eher, dass der Rassismus von damals weiter aufflammte.

In den Nachrichten hörten wir, dass allein der Weg zum Flughafen, auf dem man die vielen Checkpoints der Taliban überwinden musste, eine große Herausforderung darstellte. Dennoch verharrten viele dort bei 40 Grad Außentemperatur, weil alles besser war, als in diesem untergehenden Land bleiben zu müssen. Die Händler mit ihren Marktständen aus Kabuls Innenstadt hatten ihre Stände inzwischen zum Flughafen verlagert. Sie boten kleine Speisen und vor allem Getränke an, eine Notwendigkeit, um nicht den Hitzetod zu sterben. Die Stadt selbst war wie leergefegt. Dort waren zurzeit keine Geschäfte mehr zu machen.

Noch schienen die Taliban die Menschen am Flughafen gewähren zu lassen. Solange die Soldaten der Nato im Lande waren, benahmen sie sich gesittet. Die Zeit der Terrormilizen würde später, nach dem völligen Abzug der ausländischen Mächte, anbrechen. Dann sollte die Hölle in diesem von Gott verlassenen Land von neuem beginnen, um das Land um zwanzig Jahre oder mehr zurückzuwerfen.

Von Faiaz' Bruder hörten wir, dass am Flughafen Tausende von Wartenden hinter einer Mauer standen und hofften, dass ihr Name aufgerufen wurde. Aber selbst in diesem Falle bildete sich kaum eine Gasse des Durchkommens, weil jeder sich selbst am nächsten war. Die Soldaten versuchten dann bisweilen, die Frauen über die Menge der Wartenden zu heben und über die Mauer zu reichen.

„Dies", so erklärte Faiaz, „ist der Moment, wo die gläubigen Afghanen innerlich und zum Teil sogar mit offenem Protest aufbegehrten, da es im Islam nicht erlaubt war, dass ein Ungläubiger, und dazu ein nicht zur Familie gehöriger Mann, die Mutter oder Schwester auch nur berührte. Solange das Denken der Masse der Bevölkerung in diesen Bahnen läuft, haben die Taliban als Bewahrer des Konservativen beste Karten, um an der Macht zu bleiben. Die wenigen anders Denkenden, dürfen das nicht zeigen, weil sonst ihr Leben gefährdet ist. Sie werden flüchten, wenn nicht per Flugzeug, dann über den Landweg. Das aber wird immer schwerer, weil die Nachbarländer ebenfalls Abwehrmaßnahmen ergriffen haben. Sie befürchten alle berechtigterweise, die Afghanen könnten bleiben."

Aber dennoch, so dachte ich, sprießt auch in Afghanistan immer wieder Grün aus den Ruinen. Es sind gerade die so lange unterdrückten Frauen, in die ich eine kleine Hoffnung setze. Es sind die Journalistinnen und Journalisten, die unter Einsatz ihres Lebens aus dem Untergrund berichten, damit die Weltbevölkerung aufgerüttelt wird und gleichzeitig die eigenen Landsleute zum Nachdenken angeregt werden.

Was hätte man anders machen können? Was sollte man jetzt noch tun? Das waren die bewegenden Fragen, die im Raume standen und auf die niemand so recht eine Antwort wusste. Mit Waffenlieferungen und der Ausbildung an Waffen, wurde jedenfalls das Gegenteil von dem erreicht, was alle erhofft hatten: im Land bessere Bedingungen zu schaffen, damit niemand für sein nacktes Überleben zur Flucht gezwungen war.

Afghanistan, so oft definiert als karges Land mit unwegsamen Bergketten. Es hatte so viel mehr zu bieten als das: Es war auch ein farbenfrohes Land mit grünen Wiesen und blauen Flüssen, mit Mohnfeldern so weit das Auge reichte, mit

Maulbeerbäumen, Mangokulturen, mit Mandel-, Orangen- und Granatapfelbäumen, ein Land mit wunderschön verzierten Moscheen und Kulturdenkmälern, sofern diese noch nicht von den Taliban zerstört worden waren – wie die ehemals eindrucksvollen Statuen von Bamyan.

Warum bloß wurde es immer wieder von fremden Regierungen heimgesucht und in seiner Entwicklung zurückgeworfen? Es schienen vor allem die geostrategischen Interessen zu sein, aber auch das Wissen um das Vorhandensein von Bodenschätzen, selbst wenn die offizielle Version, die der Terrorabwehr war.

Ich hatte einmal gelesen, dass ein Land, das weder einen Zugang zum Meer hat noch wohlwollende Nachbarn dem Untergang geweiht ist. Was konnte man da erwarten?

Oktober 2021 – Keine Rettung in Sicht

Es sah nicht so aus, als hätten wir auch nur eine Person von Faiaz' Familie aus Afghanistan nach Deutschland retten können. Und selbst Shamayel war es als ehemaliger Frauenrechtsaktivistin nicht gelungen, ihre Mutter über die deutsche Botschaft herüberzuholen. Beide Familien zählten wohl nicht zu den am stärksten Gefährdeten, zu den Ortskräften, den Helfern der NATO oder den kritischen Journalisten. So gab es nur den Weg über eine Fachkräfteeinwanderung für die Schwester mit der Hebammenausbildung und ein Studienvisum für die jüngere Schwester und den Bruder.

Aber dafür waren die Hürden hoch. Es musste ein deutsches Sperrkonto mit einem Betrag über mehr als 10.000[27] Euro angelegt werden, daneben eine Auslandskrankenversicherung eingerichtet, eine Wohnung gefunden und der Flug bezahlt werden. Und sie brauchten einen Platz an einer Hochschule beziehungsweise die Zeugnisanerkennung für die Schwester mit der Hebammenausbildung. Bei allen dreien jedoch fehlte noch eine wesentliche Voraussetzung: Deutsch auf dem Sprachniveau B1 bzw. B2 für die Hebamme. Bis dahin war es ein weiter, dornenreicher Weg, denn das Goetheinstitut und andere Sprachschulen in Kabul waren schon lange geschlossen worden, und das Internet war oft so instabil, dass es sich nicht lohnte, ein Sprachprogramm zu starten. Es blieb zu hoffen, dass das Goetheinstitut Online-Kurse anbieten und die Geschwister die Kraft haben würden, nicht vor dem instabilen Netz zu kapitulieren.

Aber selbst wenn einer von ihnen damit begonnen hätte, wäre es ein überaus schwieriges Unterfangen, hatte mir Faiaz kopfschüttelnd erklärt. In einem Land, in dem Individualismus ein Fremdwort war, säßen alle immer zusammen und bekämen deshalb mit, wenn sich ein Familienmitglied mit dem Erlernen einer Sprache beschäftigte. Schnell würde ihm die Motivation dadurch genommen, dass alle fragten:

„Was tust du da? Glaubst du an sechs Richtige im Lotto? Niemand von uns hier kommt je nach Deutschland. Wozu also möchtest du Deutsch lernen?"

Zu all den Hindernissen kam die Erkenntnis hinzu, dass ein Studienvisum erst nach langen Wartezeiten von 1 - 2 Jahren erteilt wurde. Wer wusste, ob er bis dahin noch am Leben war?

Zumindest Faiaz hatte erkannt, dass es der einzige Weg war, die Geschwister zu retten und begonnen, mit mehr Nachdruck Überzeugungsarbeit zu leisten.

Faiaz' Mutter hatte zunächst sogar mit Ärger und Trauer auf die Aufforderung zum Sprache lernen reagiert, und der Vater war verzweifelt, dass sich Faiaz nun scheinbar so weit vom heimatlichen Denken entfernt hatte, dass er die Familie nicht mehr verstehen konnte. Sicher spielte bei den Eltern die Verzweiflung eine Rolle, noch mehr Kinder ans ebenso ersehnte wie unheilvoll erscheinende Ausland zu verlieren. Denn es war ihnen sicher klar, dass sie selbst keine Chance hatten, ihnen jemals nach Deutschland zu folgen.

Auch an die Möglichkeit, eine Einladung mit Verpflichtungserklärung auszusprechen, hatte Faiaz mit seinem neuen Angestelltengehalt gedacht. Allerdings gab es diese Möglichkeit nach dem August 2021 nicht mehr. Denn die Botschaften entschieden bei der Visa-Erteilung vor allem danach, wie groß eine Rückkehrwahrscheinlichkeit der Familie sein würde. Da diese in Zeiten der Taliban-Herrschaft gegen Null ging, würden auch auf lange Sicht hin keinerlei Visa für Einladungen mehr erteilt werden. Auch hätte Faiaz dazu der passende Aufenthaltsstatus gefehlt.

Was blieb, war die dringende Bitte um Geld, der Faiaz immer wieder nachkam. Es war bald erkennbar, dass die Armutswelle weiter steigen würde, weil der Westen die Konten mit Entwicklungshilfegeldern wegen der Machtergreifung der Taliban vorerst eingefroren hatte. Und es war einmal mehr offensichtlich, dass das Land schon lange am Tropf des Westens hing und ohne ihn gar nicht überlebensfähig war.

Faiaz meinte dazu: „Die Armut war schon immer groß, aber erst jetzt, wo der Blick der Weltöffentlichkeit durch die Medien in dieses Land gelenkt wird, stellt man mit Entsetzen fest, wie arm das Land tatsächlich ist.“

Man sah im Fernsehen Bilder, auf denen die Menschen ihr gesamtes Hab und Gut auf dem Markt der größeren Städte anboten, um für ein paar Afghani Lebensmittel kaufen zu können. Riesige Menschenmengen standen Schlange vor den Bankautomaten, die das ersehnte Geld auch nur noch alle paar Tage ausspuckten. In den Medien sah man Eltern, die ihre kleinen Töchter zum Kauf anboten, um den Rest der Familie durchbringen zu können und Väter, die eine Niere zu diesem Zweck verkauften.

Für die Bevölkerung blieb zu hoffen, dass bald wieder Geld aus dem Westen floss. Allerdings müssten dann viel strengere Bedingungen an den Transfer geknüpft und Möglichkeiten geschaffen werden, diese auch von den Geldgebern kontrollieren zu können. Faiaz hatte Bedenken, ob das langfristig möglich sein könnte. Die Kontrolleure, meist Mitglieder von NGOs (Nichregierungsorganisationen), müssten dazu in Afghanistan leben. Als Ortsfremde waren sie aber auf den guten Willen von Ortskräften angewiesen, die oft systembedingt sehr korrupt waren.

„Wenn man diese Korruption eine Weile miterlebt hat“, meinte Faiaz „dann sinkt die Hemmschwelle aller Beteiligten.

Dadurch werden viele Kontrolleure ebenfalls korrupt." – Ein Teufelskreis, den zu durchbrechen offenbar noch niemandem gelungen ist.

Kontrastprogramm: Schöne Momente in Deutschland

Trotz all dieser Tragik gab es zumindest hier in Deutschland auch Momente, die überaus komisch oder erfreulich waren. Denn zum Glück hatte das Leben in seinem bunten Strauß nicht nur triste Gräser, sondern auch Blüten, die es uns ermöglichten, selbst traurige Zeiten zu überstehen.

So ein Ereignis war ein Besuch von Faiaz bei seiner neuen Hausärztin, die er wegen häufiger Schmerzen in der Hand aufgesucht hatte. Damit sie ihn besser kennen lernen konnte, stellte er sich ausführlich vor. Offenbar gehörte sie zu dem alten Schlag der Ärzte, denen das private Umfeld des Patienten wichtig war. Deshalb hörte sie ihm geduldig zu. Faiaz war bei guter Laune ein Meister der Erzählkunst. Und die hatte er, wenn seine Person im Mittelpunkt stand, fast immer.

Er berichtete mir später von diesem Besuch und schmückte ihn auch diesmal fein aus. Zum Schluss fragte ich dann, was sich denn nun wegen seiner Handschmerzen ergeben hatte, und Faiaz antwortete: „Ach, das haben wir über meine Erzählungen völlig vergessen. Ich werde sie beim nächsten Mal danach fragen."

Selbst die Nachbarin, die unter ihnen wohnte, hatte er mit freundlichen Worten für sich einnehmen können. Wegen der Geräuschkulisse, die nach Feierabend gelegentlich von oben kam, war eine Beschwerde von ihr gekommen.

„Spielen Sie abends Boule in Ihrer Wohnung?" hatte sie in einem Briefchen gefragt und künftig um mehr Rücksichtnahme gebeten. Faiaz und Shamayel wollten keine Unstimmigkeiten mit den Nachbarn haben und gingen noch am selben Abend zu der älteren Dame. Sie erklärten ihr, dass sich die Schlafcouch gerne auf dem Fliesenboden selbständig machte, wenn man sich daraufsetzte. Dann holperten die Rollen über die Fliesen, was man unten leider deutlich hören konnte. Faiaz sagte, sie hätten zurzeit noch kein Geld, um sich zur Behebung des Problems einen größeren Teppich leisten zu können. Sie würden aber künftig mehr aufpassen und auch schon auf den Teppich sparen. Die freundliche Nachbarin hatte Verständnis für diese Situation und gab ihnen großherzig etwas Geld als Anzahlung dafür.

Sie unterhielten sich dann lange über die Schwierigkeiten, die die Familien der beiden in Afghanistan unter dem Taliban-Regime hatten und dass es fraglich war, ob Faiaz und Shamayel ihre Eltern und Geschwister je würden wiedersehen können. Es war alles *so* traurig, dass sogar Shamayel die Tränen kamen und die entgegenkommende Nachbarin versprach, auch dafür ab und an Geld zu spenden. Sie setzte es tatsächlich im nächsten Monat in die Tat um. Dafür bekam sie zwei dankbare, hilfsbereite, junge Nachbarn, die sich erkenntlich zeigten, indem sie bei Bedarf für sie einkauften.

So konnte es gehen mit Faiaz: Er kam mit einer Beschwerde herein und ging mit einem Dauerauftrag hinaus. Wenigstens dafür war sein Studium der Diplomatie in Afghanistan wohl hilfreich gewesen.

Ich hoffe so sehr, dass auch die zuständige Verwaltungs-richterin erkennen wird, welches Juwel sie vor sich hat, ein Juwel mit Ecken und Kanten, aber doch ein Juwel.

Solche Zufälle gibt es doch gar nicht!

Und dann passierte etwas Unglaubliches! An einem Abend im November, rief mich ein äußerst aufgekratzter Faiaz an, um mir mitzuteilen, dass ein wahres Wunder geschehen sei. Sein Studienfreund Ajmal aus Mazar-eSharif und dessen Frau Morsal hatten es geschafft unter den ersten zu sein, die über das Ortskräfteprogramm nach Deutschland ausgeflogen worden waren. Über Facebook hatten sich die beiden jungen Männer jetzt wieder gefunden. Bei den 10.796 Orten in Deutschland ist es schon ein großer Zufall, dass auch die Freunde unserem kleinen Ort zugewiesen worden waren.

Wir luden die beiden schon bald zu uns ein. Sie waren genauso herzlich wie Faiaz und Shamayel.

Schnell musste ich feststellen, dass ich eine völlig falsche Vorstellung über das Aussehen von Ortskräften hatte. Im Fernsehen sah man die Männer immer mit einer Kurta, die Bestandteil des zweiteiligen Shalwar Kameez ist, einem Zweiteiler, der aus einem weiten Hemd und einer Hose besteht. Dazu trugen sie die typischen langen dunklen Bärte, da das Rasieren inzwischen verboten war.

Ajmal und Morsal nun sahen sehr westlich aus. Sie trugen Jeans und Sweatshirts und Ajmal war glattrasiert.

Es war sehr aufschlussreich, einen direkten Bericht von der Front zu erhalten. Das Paar hatte erlebt, wie Mazar-eSharif und kurz darauf auch Kabul an die Taliban gefallen waren. Mit viel Glück hatten sie eine der letzten Maschinen nach Indien erreicht, nachdem sie zuvor einem Selbstmordanschlag in Kabul nur knapp entkommen waren. Von Indien aus wurden sie in einer kurzfristigen geheimen Aktion über die Gesellschaft für Internationale Zusammenarbeit, der Arbeitgeberin in Afghanistan, nach Deutschland geholt. Nun lebten sie vorübergehend tatsächlich in demselben Flüchtlingsheim, das schon Faiaz vor ein paar Jahren bewohnt hatte und sortierten ihr Leben von jetzt auf gleich neu. Ajmal war Angestellter im Bildungsministerium gewesen, und dabei, seinen PHD[28] in Politik zu machen. Nun setzte er hier seine Studien fort, ebenso wie Morsal ihr Masterstudium in „Public Policy and Sustainable Development[29]. Natürlich hatte für beide das Erlernen der deutschen Sprache die erste Priorität.

Zwar mussten sie das verrutschte Puzzle ihres Lebens hier neu zusammensetzen, dennoch hatten sie es so viel einfacher als Faiaz damals. Sie brauchten kein Asylverfahren zu durchlaufen, erhielten vielmehr sofort einen Flüchtlingsstatus über drei Jahre und konnten sich gegenseitig Halt geben, weil sie als Paar angekommen waren. Daneben hatten sie einen Freund, der sie in die neue Welt einführen konnte und mich als Ehrenamtliche, die ihnen ebenfalls hilfreich zur Seite stand.

Gastfreundschaft umgekehrt

Vor kurzem erst haben wir uns zu sechst getroffen. Die afghanischen Gäste hatten uns ein ganz besonderes Angebot gemacht: Sie wollten in unserer Küche für uns alle kochen, und zwar ihr Nationalgericht, das ich selbst so gerne esse: Bolanis. Das sind mit Kartoffeln und Lauch bzw. mit Kürbis gefüllte Teigtaschen. Eine sehr leckere, aber auch aufwändige Angelegenheit, bei der alle mitgeholfen haben. Nur mein Mann und ich durften sich so lange ausruhen.

Beim Ausrollen und Füllen ging es dann zu wie im Operationssaal: Der große Esstisch wurde komplett mit Klarsichtfolie abgedeckt und die Herrschaften hätten am liebsten mit Plastikhandschuhen gearbeitet. Letzteres konnte ich ihnen noch ausreden, da ich bemüht bin, Mikroplastik im Essen zu vermeiden. Bei der Tischfolie hatte ich mich schon zurückgehalten. Das musste reichen.

Beim Frühlingsfest unseres Asylkreises hatte ich schon einmal Afghaninnen kochen sehen. Damals ging es allerdings nicht so steril zu. Die Damen saßen im Schneidersitz auf dem Boden, vor sich eine große Plastikplane und rollten den Teig darauf aus. Auf den Arbeitsplatten in der Küche der Bürgerhalle war damals zu wenig Platz zum Ausrollen gewesen. Geschmeckt hatte es damals trotzdem.

Nun wurde also bei uns gekocht und das schöne Mahl gemeinsam zelebriert. Sehr spannend waren die Gespräche mit unseren Gästen während des Essens. Mich interessierte bei allen Neuankömmlingen sehr, wie ihr allererster Eindruck von unserem Land gewesen war. Ajmal sagte, die Ausreise war so überraschend gekommen, dass sie sich nicht näher auf das Aufnahmeland Deutschland vorbereiten konnten. Er hatte immer gedacht, ein hochentwickeltes Land sei ein Land, dessen

Landessprache Englisch sei. Bei der Ankunft am hochtechnisierten Frankfurter Flughafen musste er aber mit Verwunderung feststellen, dass er mit dieser Einstellung einem riesigen Trugschluss erlegen war.

Die nächste große Überraschung kam, als die beiden den ersten Schneefall in Deutschland erlebten. Schon früh am Morgen gingen die Deutschen auf die Straße, um den Schnee von den Gehwegen zu räumen. Das kannten unsere Gäste von Afghanistan her nicht. Schnee gab es auch in ihrem Land des Öfteren. Aber niemand kam auf die Idee, die Straßen frei zu schaufeln. Stattdessen kletterte man auf die kuppelförmigen Lehmhütten, um sie vom Schnee zu befreien, damit sie nicht einstürzten.

Sie erzählten uns auch von den Erfahrungen, die sie im Flüchtlingsheim gemacht hatten. Es lief dort alles recht harmonisch, meinten sie. Ab und zu aber schrie jemand nachts laut und klopfte an die Türen. Niemand traute sich herauszukommen und die beiden hatten ein bisschen das beklemmende Gefühl, auch hier herrsche eine Art Bürgerkrieg. Doch am nächsten Tag stellte sich heraus, dass es ein durch die Flucht psychisch erkrankter Mann mit posttraumatischer Belastungsstörung war. Er hatte nicht rechtzeitig das neue Rezept für sein Antidepressivum bekommen oder die Einnahme verpasst, wodurch er in eine vorübergehende Psychose gerutscht war. Am nächsten Tag ging es ihm wieder gut, und er entschuldigte sich für sein nächtliches Treiben.

Aber daneben gab es auch amüsante Begegnungen, die uns alle zum Lachen brachten. Morsal hatte sich Make-up bestellt. Kurz darauf erhielt sie vom Versandhandel die Mitteilung, das Päckchen sei zugestellt worden. Da dem nicht so war, forschten sie im Flüchtlingsheim nach dem Verbleib. Tatsächlich hatte einer der Bewohner die Idee, doch mal bei einem Afrikaner im

Obergeschoss nachzufragen, da der den gleichen Nachnamen trug wie Morsal. Ajmal klopfte also oben, wo ihm nach vielem Hin und Her und diversen Geräuschen hinter der Tür geöffnet wurde. Der Anblick aber, der sich ihm bot, war so erfrischend, dass er sich ein Lächeln nicht verkneifen konnte. Der Mann hatte ein bis zum Kinn bleich geschminktes Gesicht. Darunter sah man den dunkelbraunen Hals. Eine Hand hielt er auf dem Rücken und Ajmal konnte sich schon denken, was er darin hielt. Er fragte deshalb freundlich:

„Bruder kann es sein, dass du ein Päckchen erhalten hast?"

Der weißgesichtige Mann fragte etwas unbeholfen, wie er denn *darauf* käme.

„Nun, es sieht mir ganz so aus, als hättest du das Make-up auf dem Gesicht, das meine Frau bestellt hat. Aber wenn du es brauchst, Bruder, dann behalte es nur", antwortete Ajmal freundlich.

Etwas irritiert entschuldigte sich der Afrikaner und sagte, es sei ihm unerklärlich gewesen, wer ihm das Päckchen geschickt hätte. Er fand den Inhalt aber überaus interessant und hatte ihn gleich einmal ausprobieren wollen. So war das erste Make-up für Morsal in Deutschland ein Second-Hand-Produkt.

Nach dem schönen Abend mit Faiaz' Freunden waren wir alle sehr froh. Schon lange hatten wir Faiaz nicht mehr so entspannt und glücklich erlebt. Mit dem Eintreffen der Freunde schloss sich für ihn ein weiterer Kreis.

Dezember 2021 – Ausblicke

Vier Jahre waren vergangen, seit wir Faiaz das erste Mal getroffen hatten. Es war aufregend, spannend, anstrengend, aber auch beglückend gewesen, ihn auf seinem Lebensweg zu begleiten. Und ich stellte fest, dass unser junger Mann, der vor einigen Jahren aus Kabul nach Deutschland geflohen war, um dem Tod zu entrinnen und die Freiheit zu suchen, zwar seine Heimat verloren, dafür aber auch vieles gefunden hatte. Da war Shamayel, die sein Leben bereicherte und ihre Erinnerungen an den Maulbeerbaum in ihrem Heimatort und den blauen Fluss, der sich durch das Tal schlängelt, nur zu gerne mit ihm teilen wollte; an den Fluss, aus dem er als Junge für die Familie immer die Fische geangelt hatte, die er selbst so verschmähte. Noch waren diese Erinnerungen gar zu schmerzlich, als dass er sie länger anzuschauen vermochte, aber die Zeit heilt viele Wunden. Sie würde auch diese heilen.

Zudem hatte ihm das Schicksal seinen Freund aus Studientagen so gnädig vor die Tür geliefert, einen Freund, mit dem er damals vor der blauen Moschee in Mazar-eSharif gesessen hatte, der Moschee mit Tausenden von weißen Tauben, die überall auf der Welt als Symbol des Friedens gelten, in Afghanistan aber bislang nicht ihren Sinn erfüllen konnten.

Und er hat eine gute Seele gefunden, die ihm in schwierigen Lagen auch in Zukunft beistehen wird und die zugleich als Erzählerin all seine Geschichten liebevoll gesammelt und aufgeschrieben hat, damit sie im Strom der Zeit nicht vergessen gehen würden. Damit ist ein Lebensabschnitt vorüber, auf einer Strecke voller Hindernisse und Verwirrungen, auf dem Weg in unsere westliche Gesellschaft.

Noch wissen wir nicht, wie alles ausgehen wird, zu viel liegt weiterhin im Argen. Das Urteil des Verwaltungsgerichts steht noch immer aus und die Geschwister suchen einen Weg nach Deutschland. Manchmal erscheint alles wie ein riesiger Berg. Aber Faiaz hat schon so viele Berge bezwungen, er wird auch diese Hürden überwinden. Und auch wenn Integration nicht das Ziel war, sondern anfangs das nackte Überleben, so ist ihm doch beides sehr gut gelungen.

Schlussgedanken

Ende 2021 gab es 7,9 Milliarden Menschen auf der Welt[30]. Davon waren 89,3 Millionen Flüchtlinge. Das sind etwas mehr als 1%. Davon sind allein 53,2 Millionen Binnenflüchtlinge. Sie flüchten also innerhalb ihres Heimatlandes in weniger gefährliche Gebiete. [31]

Von einer großen Völkerwanderung kann man somit gar nicht sprechen, zumal die Migrationsbewegung in andere Länder in den letzten Jahren abgenommen hat. Aus ihrem Heimatland sind nur 0,46% geflüchtet und die meisten wiederum in direkte Nachbarländer.

Die Türkei ist mit 3,7 Millionen Flüchtlingen das größte Aufnahmeland[32]. Selbst das arme Uganda hat in kurzer Zeit 1,5 Millionen Flüchtlinge aufgenommen und integrierte sie gut. Im Gegensatz dazu nehmen die reichen Länder der Welt verhältnismäßig wenige Flüchtlinge auf. Wenn man die Zahl der Geflüchteten nimmt, die außerhalb ihrer Heimat leben, stand Deutschland Ende 2021 auf Platz fünf der Länder, die die meisten Asylsuchenden weltweit aufgenommen haben.

Ein Weg zur Lösung...

Der Migrationsexperte und Leiter der Europäischen Stabilitätsinitiative, Gerald Knaus, hat die Bundesregierung aufgefordert, deutlich mehr schutzbedürftige Flüchtlinge direkt aus Krisenregionen aufzunehmen. „Deutschland sollte es wie Kanada oder Schweden machen und sich dazu bereit erklären, jährlich mindestens 0,05% seiner Bevölkerung im Rahmen eines Resettlement-Programms umzusiedeln, also rund 41.000 Menschen", sagte Knaus der WELT.[33]

Das Flüchtlingshilfswerk der Vereinten Nationen identifiziert bei diesem Programm besonders gefährdete

Flüchtlinge in Erstaufnahmestaaten wie Jordanien, Kenia oder der Türkei und schlägt sie zur Umsiedlung in andere Länder vor. Bislang nimmt Deutschland bis zu 5.500 Menschen pro Jahr auf diesem Weg auf. Allerdings darf es kein Resettlement anstelle von sicheren Fluchtwegen geben. Denn nicht jeder kann warten, bis er in entsprechende Programme aufgenommen wird. Flucht ist selten von langer Hand geplant, sondern oft sehr kurzfristig nötig. Es sollten also dringend legale Möglichkeiten einer sicheren Einreise geschaffen werden. Europa darf keine Festung sein. Solange die Menschen zur Flucht über das Mittelmeer gezwungen sind, muss es unbedingt auch wieder Seenotrettungsprogramme wie „Mare Nostrum" geben, aber auch eine gerechte Verteilung auf die europäischen Länder.

Wichtig für die hier Angekommenen ist eine Inklusion durch frühen Sprachunterricht: Es kann nicht sein, dass Geflüchtete jahrelang keinen Zugang zur deutschen Sprache haben und aus der Gesellschaft ausgeschlossen sind, obwohl absehbar ist, dass die meisten von ihnen auch auf lange Sicht aus humanitären Gründen bleiben werden.

Um zu verhindern, dass ein neuer Sklavenmarkt entsteht, muss es mehr staatliche Kontrollen der Zeitarbeitsfirmen geben. Darunter gibt es noch zu viele schwarze Schafe.

Daneben ist es unabdingbar, die Weltsozialpolitik weiter auszubauen. Es muss mehr Förderung geben, aber auch regelmäßige Kontrollen, wie das Geld tatsächlich verwendet wird.

Ich möchte mit den Worten des Pazifisten Raymond Walden enden:

Gib Brot statt Waffen, Bildung statt Religion!

Nachwort

Kurz vor Fertigstellung des Buches ist eine schöne Wendung eingetreten: Faiaz und Shamayel haben einen großen Schritt gewagt. Sie haben eine wunderschöne islamische Hochzeit gefeiert, und wir waren ihre Gäste. Sie haben auf ihre Art gefeiert. Vieles entsprach den Traditionen und manches war anders, aber genau *so*, wie sie es sich gewünscht hatten. Es gab nicht – wie üblich – männliche Trauzeugen, sondern stattdessen weibliche, Shamayels Freundinnen. Es wurde viel gelacht und viel getanzt, und es gab auch Wein und Sekt. Für die per Video-Schaltung beteiligten Familien in Afghanistan war alles, wie es sein sollte. So kehrte zumindest in Deutschland Frieden ein, und das nächste Kapitel des gemeinsamen Lebens wurde damit aufgeschlagen.

Danksagung

Mein Dank gilt meiner Familie und meinen Freunden, die mir geduldig zugehört haben, wenn ich zwischendurch am Verzweifeln war, weil der Kulturschock mal wieder auf beiden Seiten Wellen geschlagen hatte.

Und er gilt natürlich Faiaz, mit dem ich so viele Höhen und Tiefen erleben durfte, Faiaz, der mich über den europäischen Tellerrand hat schauen lassen, wodurch ich einmal mehr erkannt habe, dass dieses Leben in Wohlstand und Freiheit durchaus keine Selbstverständlichkeit ist und man sich immer wieder dafür einsetzen muss.

Er gilt auch Shamayel, Ajmal und Morsal, die mir weitere Einblicke in die afghanische Kultur vermittelt und aus uns eine deutsch-afghanische Großfamilie gemacht haben und ebenso dem Autor und guten Freund Massum Faryar, dessen Afghanistan Epos „Buskaschi oder Der Teppich meiner Mutter" mich sehr inspiriert, sowie Lücken im kulturellen und historischen Kontext geschlossen hat.

Mein Dank gilt Barbara, Tove und Biggi, die als erste meine Geschichte gehört haben und mich darin bestärkt haben, mein Schreibprojekt zu Ende zu bringen und Dominik, Anja und Karina, die als letzte Korrektur gelesen haben.

Er gilt Patrik Hennebold, unserem Fotografen, für den Faiaz unzählige Male springen musste, bis das perfekte Bild im Kasten war, und er gilt André Liegl, unserem Grafiker, der mich auch beim Layout geduldig beraten hat.

An diesem Buch habe ich mit viel Herzblut gearbeitet. Ich würde mich freuen, wenn es viele Leser und Leserinnen findet. Damit das passiert, sind Rezensionen überaus hilfreich. Ich würde mich deshalb sehr darüber freuen.

Wenn Sie mein Erfahrungsbericht bewegt hat, und Sie mir persönlich Ihre Meinung mitteilen möchten, dann schreiben Sie mir gerne eine E-Mail unter *monika.liegl@gmail.com*.

Literaturverweise und Erläuterungen

[1] **Al-Qaida** ist ein Ende der 1980er Jahre in Afghanistan entstandenes Terrornetzwerk des islamistischen Extremisten Osama Bin Laden. https://tinyurl.com/27pxmkjh

[2] Der "**Islamische Staat**" ist eine Terrororganisation, die aus dem irakischen Ableger des Terrornetzwerks Al-Qaida hervorgegangen ist. https://tinyurl.com/m83ev653

[3] **Warlord**, deutsch auch Kriegsfürst, bezeichnet einen militärischen Anführer, der unabhängig von der Staatsmacht den Sicherheitssektor eines Landesteils kontrolliert oder ein begrenztes Gebiet beherrscht, das der Staatsgewalt entglitten ist. https://de.wikipedia.org › wiki › Warlord

[4] Am 31. Dezember 2014 endete der Einsatz der "**International Security Assistance Force**" (**ISAF**) in Afghanistan. Die Mission war 2002 in das Land am Hindukusch entsandt worden, um nach dem Sturz der Taliban den Wiederaufbau abzusichern. Auch Deutschland beteiligte sich seitdem an dem Einsatz – zwischenzeitlich mit mehr als 5.000 Soldaten. https://tinyurl.com/ybfj7fyh

[5] **Wohnsitzauflage:** Auflage für Asylbewerber die besagt, dass man nur an einem bestimmten Ort und /oder in einer bestimmten Wohnung/Gemeinschaftsunterkunft zu wohnen hat und nicht umziehen darf.

[6] https://www.**homoeopathenohnegrenzen**.de/

[7]**Bonding:** Die Entstehung eines emotionalen Bandes zwischen Neugeborenen und seinen Eltern sowie ein starkes Zusammengehörigkeitsgefühl werden von Psychologen und Hebammen als Bonding bezeichnet. www.kinderinfo.de.

[8] **Der Internationale Bund** ist mit seinem eingetragenen Verein, seinen gemeinnützigen und gewerblichen Beteiligungen einer der großen

deutschen Dienstleister in den Bereichen der Jugend-, Sozial- und Bildungsarbeit.

[9]Davor war dies nur **Alexander dem Großen** gelungen. Großbritannien und die Sowjet-union hatten sich an diesem Land die Zähne ausgebissen.

[10] Watan-afghanistan.de, Unsere **Tabus.**

[11] **Das BAMF** ist eine deutsche Bundesbehörde im Geschäftsbereich des Bundesministeriums des Innern, für Bau und Heimat (BMI) mit Sitz in der ehemaligen Südkaserne in Nürnberg.

[12] **Dublin-Verordnung** www.raphaelswerk.de Geflüchtete können aufgrund der Dublin-Verordnung in das zuständige EU-Land (meist das Ersteinreiseland) überstellt werden, damit dort das Asylverfahren durchgeführt wird.

[13] **Anabin**.kmk.org

[14]**Diakonie**: https://www.**diakonie**.de/broschueren/diakonie-auf-einen-blick.

[15]**Berufsbildungssystem von Afghanistan.** https://tinyurl.com/4d7hx4c4

[16]https://de.wikipedia.org/wiki/ **Aufenthaltsgestattung**

[17] Eine **paradoxe Intention** ist eine von Viktor Frankl entwickelte psychotherapeutische Methode, in der der Klient dazu angeleitet wird, eine neurotische Verhaltensweise mit dem Ziel ihrer Überwindung absichtlich auszuüben. Mittels dieser Technik lässt sich nach Frankl der Teufelskreis der Erwartungsangst, also der Angst vor der Angst durchbrechen. www.wikipedia.de.

[18] **Conrad Schetter**, Kleine Geschichte Afghanistans, Beck'sche Reihe.

[19]**Rücküberweisungen**https://katapult-magazin.de/de/artikel/sind-fluechtlinge-die-besseren-entwicklungshelfer.

[20]**Niederlassungserlaubnis**:https://www.gesetze-im-internet.de/aufenthg_2004/__9.html

[21]**NATO-Einsatz**: https://www.tagesschau.de/ausland/asien/afghanistan-ende-useinsatz-101.html

[22]**Alphabetisierung**: https://www.unesco.org/en/articles/unesco-stands-all-afghans-ensure-youth-and-adults-afghanistan-especially-women-and-girls-achieve

[23] **In der Gewalt der Traditionen:** https://vera-lengsfeld.de/2019/02/19/4105/

[24]**USA und NATO lassen Afghanistan im Krieg zurück:** https://tinyurl.com/2p8385ae

[25] https://de.wikipedia.org › wiki › **Gescheiterter_Staat.**

[26] **Nahid Shahalimi**, afghanische Künstlerin und Autorin des Buches ‚Wir sind noch da'.

[27] https://www.auswaertiges-amt.de › de › **sperrkonto** › 375488

[28]Der **PhD** kann seit 2006 alternativ statt des traditionellen Doktorgrads vergeben werden, wenn für das jeweilige Doktoratsstudium mindestens drei Jahre Regelstudienzeit vorgesehen sind. https://de.wikipedia.org

[29] https://www.**collegedekho.com/ma-sustainable_development-colleges-in-india/**

[30]**Weltbevölkerung**: https://tinyurl.com/nrtrhdn9

[31]**Flüchtlingszahlen**: https://de.statista.com/themen/766/asyl/

[32]**Aufnahmeländer**: https://www.**uno-fluechtlingshilfe**.de/

[33]**Resettlement**: https://tinyurl.com/bdeves8x